KB026658

HELL SHOPPING 공공 쇼핑호스트

"
초등학생 출연자를
구하고 있다공.
출연료는 황천총명탕이라공.
"

고양이 가장의 기묘한 돈벌이 ❷황천택배 헬택배

ⓒ 2016 보린 글·버드폴더 그림

1판 1쇄 2016년 9월 26일 | **1판 6쇄** 2021년 11월 5일
글쓴이 보린 | **그린이** 버드폴더
책임편집 원선화 | **편집** 엄희정 이복희 | **디자인** 이지선
마케팅 정민호 박보람 김수현 | **홍보** 김희숙 함유지 김현지 이소정 이미희
제작 강신은 김동욱 임현식 | **제작처** 영신사
펴낸곳 (주)문학동네 | **펴낸이** 염현숙
출판등록 1993년 10월 22일 제406-2003-000045호
주소 10881 경기도 파주시 회동길 210
전자우편 kids@munhak.com | **홈페이지** www.munhak.com
카페 cafe.naver.com/mhdn | **북클럽** bookclubmunhak.com
트위터 @kidsmunhak | **인스타그램** @kidsmunhak
대표전화 (031)955-8888 **팩스** (031)955-8855
문의전화 (031)955-8895(마케팅) (02)3144-3238(편집)

ISBN 978-89-546-4226-2 74810
ISBN 978-89-546-4224-8(세트)

어린이제품 안전특별법에 의한 기타표시사항 제품명 도서 | 제조자명 (주)문학동네 | 제조국명 한국 | 사용연령 11세 이상

고양이 가장의

002
황천택배
헬택배

기묘한
돈벌이

보린 글 | 버드폴더 그림

문학동네

차례

1장
대책 있는 대책 회의

"자, 그럼 대책 회의를 시작하겠습니다."

나는 심각한 표정으로 스케치북을 펴고 까만 세모 두 개를 그렸다.

"여기 까마귀 두 마리가 있습니다."

반대쪽에는 네모 세 개를 그렸다.

"그리고 신용카드 세 장이 있습니다."

이어 세모와 네모 사이에 줄을 죽 그었다.

"까마귀 두 마리가 심병호 씨 신용카드를 마구 쓰고 있습니다."

"쓰고 있는 건 아니지. 다 정지시켰으니까."

끼어드는 병호 씨에게 내가 쏘아붙였다.

"정지시키면 뭐해. 벌써 쓴 것만 해도 엄청난데."

꽃님이가 담배 연기를 훅 뿜어내며 덧붙였다.

"감당치도 못할 일을 저지른 것부터가 잘못이외다."

병호 씨가 억울한 표정으로 소리쳤다.

"아니, 잠깐! 물론 내 잘못도 있어. 머리카락을 인두겁 재료로 팔아 치웠으니까. 하지만 카드를 만들어 쓴 건 내가 아니잖아!"

속이 뜨끔했다. 덩달아 머리카락을 팔아 치운 나도 잘못이 없다고는 못 했다.

"그래서 대책 회의를 하는 거잖아."

"까마귀들이 어디 있는지도 모르는데 무슨 대책을 세운단 말이오이까?"

나는 씩 웃었다.

"그러니까 까마귀들을 찾기만 하면 되는 거 아냐?"

"찾기만 한다면야 무슨 수를 써서라도……."

꽃님이가 말을 하다 말고 나를 보았다.

"무슨 방법이라도 있소이까?"

"아마도?"

병호 씨가 바짝 다가앉았다.

"정말이야?"

나는 병호 씨 휴대전화를 눌러 문자함을 열었다.

—서민KO카드 심병호 님 15,324,000원 헬쇼핑

—너희카드 심병호 님 1,212,100원 헬쇼핑

—하나더사카드 심병호 님 998,700원 헬쇼핑

—로얄그레이트 냉장고 배송 출발 헬쇼핑

—알지 김치냉장고 배송 출발 헬쇼핑

—킹리치 휴대전화 배송 출발 헬쇼핑

"아빠, 뭐 눈에 띄는 거 없어?"
병호 씨가 분통을 터트렸다.
"무슨 냉장고가 천오백만 원이 넘느냐고!"
"그거 말고."
"그게 아님 뭔데? 뜸 들이지 말고 말해. 아빠 속 터진다."
병호 씨가 안달을 하며 다그쳤다. 나는 신용카드와 까마귀 사
이에 동그라미를 그린 다음 '헬쇼핑'이라고 써넣었다.

▲▲ — ◎ — ▭▭▭
까마귀   헬쇼핑   신용카드

"어디서 샀는지 나와 있잖아. 여기, 헬쇼핑이라고. 거기 전화해서 물건을 어디로 배달했는지 물어보면 까마귀들 주소를 알아낼 수 있을 거야. 어차피 아빠 이름으로 산 물건이니까."

병호 씨가 나를 번쩍 들어 안았다.

"우와! 우리 메리, 천재다, 천재!"

꽃님이가 물고 있던 담배를 툭 떨어트렸다.

"허, 신통방통, 어찌 그런 것까지 아시오이까?"

나는 어깨를 으쓱하며 의기양양하게 웃었다.

"가계부도 쓸 줄 아는데 그쯤이야."

"헬쇼핑인지 뭔지, 전화번호만 알아내면 된다는 거 아냐. 그거야 식은 죽 먹기지."

병호 씨가 전화기를 들고 버튼을 눌렀다. 그러고는 얼마 지나지 않아 집이 떠나갈 듯 외쳤다.

"공구공 공공사구에 공공사구래! 홈쇼핑 회사라는데?"

병호 씨가 다시 번호를 눌렀다. 전화기 너머로 신호음이 들렸다. 나는 침을 꼴깍 삼켰다. 꽃님이도 귀를 세웠다. 그런데 아무리 기다려도 전화가 연결되지 않았다. 몇 번을 걸어도 마찬가지였다. 병호 씨가 전화기를 내려놓으며 시무룩하게 말했다.

"홈쇼핑 회사니까 방송할 때만 전화를 받는 건가?"

"그런가? 그럼, 텔레비전에서 홈쇼핑 채널을 뒤져야 되는 거야?"

"그렇지. 헬쇼핑 방송하는 걸 찾아야지."

꽃님이가 허리를 폈다.

"꽃님이는 돈 벌 거리를 찾으러 나가 봐야 하외다."

우리는 얼른 맞장구를 쳤다.

"당연하지. 가장은 이런 거 안 하는 거야!"

"맞아! 헬쇼핑 찾는 건 메리랑 나한테 맡겨 둬!"

"학교 간 동안은 아빠가 하면 되고, 그 뒤엔 내가 하면 되지. 금방 찾을걸. 그치 아빠?"

"어쩌면 저녁 먹기 전에 찾을지도 모르지."

"그럼 이 몸은 이만 나가 보겠소이다."

꽃님이가 일어나자 텔레비전을 틀고 싶어 좀이 쑤셨다. 하지만 인사가 먼저였다. 나는 다정하게 손을 흔들었다.

"꽃님아, 잘 다녀와. 힘내!"

병호 씨도 꽃님이를 배웅했다.

"밤새 탈 없이 보내고 내일 봐."

아침저녁으로 하는 인사는 이제 버릇이 되었다.

"병호 씨, 메리도 일 잘 보고, 편히 주무시오."

꽃님이가 나가자마자 우리는 텔레비전 앞에 딱 달라붙어 홈쇼핑 채널을 뒤지기 시작했다. 세상에, 홈쇼핑이 그렇게 재미있을 줄은 몰랐다. 우리는 금세 홈쇼핑 방송에 홀딱 빠졌다.

"메리야, 저 선글라스 근사하다! 저거 쓰고 기타 들면 진짜 멋지겠지?"

그러나 병호 씨랑 내 취향은 완전히 달랐다.

"이건 또사구쇼핑이거든. 헬쇼핑 찾아야 되니까 딴 데 틀어봐."

"조금만 더 보자, 응?"

"아빠, 음유시인이 꿈이라며, 노래 안 만들어?"

"오늘은 몸이 좀 안 좋네. 감기 기운이 있나, 콜록콜록."

병호 씨가 억지 기침을 하는 틈을 타, 나는 얼른 리모컨을 눌렀다. 화면이 바뀌고 층층이 쌓아 올린 거대한 엄마손갈비맛햄 더미가 나타났다.

"반찬의 최고봉, 밥상의 제왕, 절대 반찬 엄마손갈비맛햄!"

"따듯한 밥에 엄마손갈비맛햄 한 조각, 진짜 밥도둑이죠!"

화면을 보고 있자니 절로 군침이 넘어갔다.

"맛있겠다! 저것 봐, 아빠! 삼십 개 사면 덤으로 열 개를 더 준대. 엄청 싼 것 같지 않아?"

잔뜩 흥분한 나를 보며 병호 씨가 퉁명스레 말했다.

"여기도 헬쇼핑 아니거든. 딴 데 틀어."

하지만 나는 화면에서 눈을 떼지 못했다. 아니, 뗄 수가 없었다.

"잠깐잠깐, 매진 임박이래. 아빠, 어떡하지?"

"메리 너, 숙제는 했어?"

"학교에서 쉬는 시간에 벌써 다 했거든. 아빠 우리 저거 살까?"

"티라노 밥은?"

"아차!"

그제야 옥상에서 쫄쫄 굶고 있을 티라노가 떠올랐다. 홈쇼핑을 보느라 까맣게 잊고 있었다.

나는 밖으로 뛰어나가 자전거도로 가장자리에 난 토끼풀을 한 주먹 뜯었다. 얼마 전만 해도 바닥에 다닥다닥 붙어 있던 토끼풀이 이제는 거의 내 무릎까지 자라 대여섯 번 뜯으니 금방 한 아름이 되었다.

옥상에 올라가자 티라노가 꼬꼬거리며 푸드덕댔다. 티라노는 내가 학교 앞에서 사 와 기르는 병아리인데, 몸집도 크고 힘도 센데다 성깔까지 보통 사나운 녀석이 아니었다. 같이 사 온 병아리들이 쥐한테 다 물려 가서 아무도 건드리지 못하는 초강력 닭이 되라고 티라노라고 이름 붙였다.

나는 뜯어 온 토끼풀을 모이통에 쏟아 넣고 옥수수 사료를 섞어 주었다. 티라노는 모이통을 부수기라도 할 듯 토끼풀을 쪼아 먹었다.

옥상에서 내려오자 등 뒤에서 꾸욱꾸욱 티라노 우는 소리가 들렸다. 집주인 할머니는 닭은 머리가 나빠 주인도 못 알아본다

고 했지만, 나는 꼭 그 소리가 '쓸쓸해. 메리야 가지 마.' 하는 것
처럼 들렸다. 보통 때라면 마음이 약해져 다시 가 볼 텐데 오늘
은 그대로 계단을 뛰어 내려왔다.

"아빠, 어떻게 됐어? 매진됐어?"

"매진은 안 됐는데, 방송 끝났다."

나는 입술을 삐죽이며 텔레비전 앞으로 다가갔다. 병호 씨가
엉덩이를 밀쳤다.

"너 안 자냐? 내일 체험학습 날이라 일찍 일어나야 한다며?"

"우씨!"

나는 뭉그적뭉그적 일어나 이불을 폈다. 어쩔 수 없다. 나 심메
리가 이 세상에서 가장 싫어하는 건 '손해'니까. 체험학습비를 낸
만큼 실컷 놀다 와야 한다. 졸려서 제대로 못 논다면, 그건 심메
리 인생에 결코 있어서는 안 되는 엄청난 손해였다.

2장
산타와 택배

"메리야, 저기 '굼벵이 만져 보기' 있다. 가 보자."

체험학습 장소는 곤충박물관이었다. 승연이가 신이 나서 나를 잡아끌었다. 승연이는 요즘 기분이 좋았다. 앞서가는 뒤통수마저 헤죽헤죽 웃고 있는 듯했다.

"우리 아빠가 그러는데 굼벵이는 칠 년이나 땅속에서 산대. 엄청나지?"

얼마 전에 승연이 엄마가 결혼해서 승연이한테 새아빠가 생겼다. 마음에 안 든다고 투덜거릴 때는 언제고 지금은 입만 열면 아빠 얘기다. 진짜 아빠도 아니면서.

하긴 그럴 만도 했다. 승연이 새아빠는 누구네 아빠랑은 딴판이니까. 가장 노릇도 잘하고, 힘도 세고 믿음직하고. 그런 아빠가 생겼으니 얼마나 좋을까?

나는 들으라는 듯 일부러 크게 한숨을 쉬었다. 승연이가 왜 그러냐고 물어보면 심병호 씨 흉을 마구 봐 줄 생각이었다. 하지만 승연이는 저 혼자 들떠서 재잘거리기 바빴다.

"실은 아빠랑 토요일에 여기 왔다? 아빠가 그때 다 설명해 준 거야. 우리 아빤 모르는 게 없어."

유치원 꼬맹이들같이 유치하긴. 입술이 삐죽 튀어나왔다.

그때 여자애들이 우리 곁을 우르르 지나갔다. 한나윤 패거리 였다.

"시시해."

한나윤이 한마디 하자마자 아이들이 앞다투어 맞장구를 쳤다.

"맞아. 또 곤충박물관이라니."

"왜 여기만 오나 몰라."

"안 가 본 곳 좀 가지."

한나윤은 주위가 조용해질 때까지 기다렸다 넌지시 말을 꺼 냈다.

"우리 엄마가 체험학습 모둠 만든다는데, 방학 때부터 할 거 래. 같이 할 사람?"

나는 볼을 불퉁하게 부풀렸다. 저런 식으로 애들을 끌어들이는 게 한나윤 특기였다.

"근데 차가 있어야 해. 돌아가면서 우릴 태우고 가야 한다고 하셨거든. 안 그러면 우리 엄마만 너무 힘드니까."

게다가 언제나 저렇게 조건을 달았다. 나는 승연이 손을 잡아끌었다. 승연이도 나도 집에 차가 없었다.

"가자."

그런데 승연이가 머뭇거렸다.

"잠깐만……."

"왜? 차 없으면 안 된다잖아."

승연이는 잡힌 손을 슬그머니 빼내며 우물쭈물 말을 꺼냈다.

"그게, 이제는 있어. 아빠가 차를……."

더 들을 것도 없었다.

"맘대로 해."

나는 승연이를 뒤로하고 까맣고 커다란 나비들이 다닥다닥 붙어 있는 다음 전시실로 걸어갔다. 입만 열면 아빠, 아빠. 누군 아빠가 없어서 가만있는 줄 아나?

돌아오는 차 안에서 내내 아이들을 살펴보았다. 집에 차가 없을 것 같은 애를 한 명이라도 찾아내고 싶었다. 하지만 아무리 봐도 나뿐인 것 같았다.

기분이 도무지 나아지지 않았다. 우울한 표정으로 집에 들어서는데 하필 집주인 할머니랑 마주쳤다. 인사를 건넬 기분이 아니라 고개만 꾸벅하고 지나치자, 아니나 다를까 할머니가 그냥 두지 않았다.

"메리 니는 입이 없나?"

나는 얼굴을 찡그렸다. 뒷말은 듣지 않아도 뻔했다. '들어올 때는 다녀왔습니다, 해야 할 거 아이가?' 그런데 오늘은 내 짐작이 틀렸다.

"니 오늘 집에 있제?"

이상하다 싶어 돌아보자 한껏 멋을 낸 할머니가 눈에 들어왔다. 외출을 하는지 무척 들뜬 표정이었다.

"오늘 내가 아들네 밥 먹으러 갔다 올 기라서, 쪼옴 늦을 것 같단 말이제."

"근데요?"

"택배 올 기 있으니까 메리 니가 받아 놔라, 알았제?"

"나두 바쁜데."

"코딱지만 한 기 바쁘긴 뭐 바쁘노. 홈쇼핑에서 뭐 하나 샀는데 덤으로 샴푸를 세 개나 준다 카더라. 하나는 니 주꾸마. 택배 잘 받아 놔래이."

못 이기는 척 고개를 끄덕였지만 속으론 두 손을 번쩍 들었다. 택배라니! 난 여태 한 번도 택배를 받아 본 적이 없었다. 우리 집에 날아오는 거라곤 의료보험 아니면 전기 요금 고지서가 다였다.

"아빠, 나 왔어! 주인 할머니가 나한테 택배 받아 놓으래!"

"그래?"

병호 씨는 텔레비전 앞에 앉은 채 돌아보지도 않고 채널을 돌리고 있었다.

"태풍이 북상하고 있습⋯⋯."

뉴스에서 심각한 목소리가 흘러나왔지만 채널은 가차 없이 돌아갔다. 나는 가방을 던져 놓고 병호 씨 옆에 앉았다.

"헬쇼핑은 찾았어?"

"못 찾았어."

"이상하네, 금방 찾을 줄 알았는데."

실망은 잠시였다. 나는 텔레비전 안으로 빨려 들어갈 듯 고개를 쭉 뺐다. 화면 가득 커다란 평면 텔레비전이 나오고 있었다. 우리 집 뚱뚱이 꼬마 텔레비전하고 비교할 수가 없었다.

"입체 안경이 네 개! 네 개나 따라가시는데, 어디 요 아이로 한번 써 볼까요? 우와! 극장이 따로 없네요!"

그때 병호 씨가 채널을 돌렸다.

"아빠, 잠깐잠깐, 아까 그거 좀 더 보면⋯⋯."

화면이 바뀐 순간 나는 나도 모르게 고함을 질렀다.

"아빠, 저것 봐! 자동차야! 우와, 말도 안 돼. 홈쇼핑에서 자동차를 팔다니!"

화면 안에서 새빨간 자동차가 반짝이고 있었다. 별걸 다 파는 줄은 알았지만, 자동차까지 팔다니! 텔레비전에서 쿵쿵쿵 신나는 음악 소리가 흘러나왔다. 남자와 여자, 꼬마 아이가 자동차 안으로 들어갔다. 그러고는 이쪽을 보고 환하게 웃으며 손을 흔들었다. 가슴이 두근거렸다.

"멋지다……."

나는 빨간 자동차를 멍하니 바라보았다. 저 자동차가 우리 거라면 얼마나 좋을까? 저걸 타고 학교에 가면 승연이가 깜짝 놀라겠지? 한나윤이 체험학습 모둠에 들어오라고 조를지도 몰라.

최신형 타요타자동차가 60개월 무이자 할부!

"아빠, 육십 개월 할부래."

"할부가 뭔지나 아나?"

그쯤은 홈쇼핑 방송 한 시간만 보면 저절로 알게 된다. 나는 잘난 체하며 설명을 늘어놓았다.

"그럼! 돈을 나눠 내는 거잖아. 십 개월 할부는 열 번에 나눠 내는 거니까, 만 원짜리 물건이라도 한 달에 천 원만 내면 살 수 있는 거지. 저기 아저씨도 그러잖아. 목돈 쓰지 말고 부담 없이 들여가세요."

그러나 술렁대던 마음은 텔레비전 아래 흘러나오는 자막을 본 순간 피시싯 가라앉았다.

29,999,990원. 한 달에 단돈 50만 원만 내면 새 차가 생깁니다! 두 번 다시 만나기 힘든 기회, 놓치지 마세요!

2999만 9990원, 그 돈이 있으면 까마귀들이 쓴 카드값을 갚고도 남는다. 나는 옆으로 드러누웠다. 몸이 바닥으로 꺼지는 것 같았다. 눈을 감았지만 반짝이는 빨간 자동차가 눈앞에 환하게 떠올랐다.

2999만 9990원짜리 자동차라니, 꿈도 못 꿀 일이었다. 구미호 호호 씨한테 방을 빌려주고 돈을 벌었지만, 호호 씨가 나간 뒤부터 들어오는 돈이 0이 되었다.

쌀통에는 쌀이 슬슬 떨어져 가고 있었다. 그나마 남은 돈은 쓰기도 전에 전기 요금이다 뭐다 홀라당 빠져나갔다.

행복을 타고 달려요
사랑하는 사람과 달려요

걱정 따위 모두 벗어 버리고

원하는 곳을 향해 달려요

사람들은 이제 빨간 자동차 위에 걸터앉아 노래를 부르고 있었다. 나는 벌떡 일어났다. 더는 홈쇼핑을 볼 기분이 들지 않았다.

"어디 가냐?"

"택배 받으러."

나는 티라노한테 밥을 준 다음 아예 대문 옆에 자리를 잡고 앉았다. 택배 생각을 하니 기분이 좀 좋아졌다. 자동차 소리가 나면 택배 아저씨인가 하고 얼른 길 가운데로 나가 보았다.

자동차를 스무 대쯤 보냈을까. 지겨운 나머지 발가락이 제멋대로 꿈틀이 댄스를 출 때쯤 꽃님이가 집에 돌아왔다. 한쪽 귀가 반쯤 뒤집어지고 등이 부스스한 게 피곤해 보였다.

"여기서 무엇 하오이까?"

"택배 기다려. 할머니가 홈쇼핑에서 뭘 샀다고 받아 놓으래."

나는 꽃님이 귀를 바로 해 주고 털을 쓸어 주었다. 꽃님이는 흠칫했지만 내가 하는 대로 내버려 두었다.

"기분이 좋아 보이외다."

"응, 산타 할아버지 기다리는 기분이랄까?"

"빨간 옷 입고 사슴이랑 다닌다는 할아범 말이오이까?"

킥킥거리며 그렇다고 하자 꽃님이가 고개를 갸웃거렸다.

"그 할아범은 겨울에만 다니는 것 같던데……."

"그게 아니라 택배 아저씨가 택배 갖다 주는 게, 산타가 선물 갖다 주는 거랑 비슷하잖아."

꽃님이가 가만히 나를 보았다.

"선물이라……. 그리 생각하니 택배 기사가 그럴듯해 보이외 다."

"그럼! 택배 아저씨가 얼마나 멋진데? 힘도 세고, 근사한 차 도 있고."

그때 부르릉, 자동차 소리가 들리는가 싶더니 우렁찬 목소리 가 들려왔다.

"택배 왔어요!"

택배 아저씨가 상자를 들고 옆집 초인종을 눌렀다. 옆집 문이 열리고 아줌마가 나왔다. 아줌마가 택배를 안고 들어가자마자 나는 아저씨 곁으로 달려갔다.

"아저씨, 우리 집 건요?"

"거긴 없는데?"

실망이 이만저만이 아니었다. 옆집 아줌마가 부러워 견딜 수 가 없었다.

"병호 씨 말이야, 음유시인 같은 거 말고 택배 아저씨가 되었으면 좋았을 텐데."

꽃님이는 나를 빤히 바라보다가 집으로 들어갔다.

나는 혼자 문 앞에 앉아 해 지도록 택배를 기다렸다. 결국 택배는 오지 않았다.

그날 밤 나는 코끼리만 한 택배 상자를 받는 꿈을 꾸었다. 밖에서 누군가가 문을 두드리며 심메리 씨, 심메리 씨 하고 불렀다. 나가 보니 아빠가 택배 아저씨 차림을 하고 트럭에서 금빛 리본이 달린 무지무지 커다란 택배 상자를 꺼내고 있었다.

이건 대문 안에 안 들어가겠다고 택배 기사가 된 아빠가 툴툴 댔다. 하지만 나는 정말 마음에 들었다. 상자란 원래 크면 클수록 좋은 거다. 그 자리에서 단숨에 리본을 풀자, 금빛 리본이 스르륵 땅에 떨어지고 택배 상자가 활짝 열렸다.

이럴 수가, 상자 안에는 빨간 자동차가 들어 있었다!

행복해! 이게 꿈이라면 깨지 말았으면! 반짝이는 자동차에 볼을 비비려는데, 그 순간 병호 씨 목소리가 들렸다.

"메리, 지각이다, 지각! 어서 일어나!"

3장
황천택배 헬택배

오늘의 우울 사건 그 첫째, 승연이가 한나윤 옆에 붙어 종알거리는 바람에 혼자 집에 와야 했다. 그 둘째, 집에 오는 길에 비가 떨어지는 바람에 쫄딱 젖었다.

"다녀왔습니다!"

문을 열고 들어가자 땅이 꺼져라 내쉬는 한숨 소리가 나를 맞았다. 오늘의 우울 사건 그 셋째, 우리는 오늘도 헬쇼핑을 찾지 못할 모양이다.

나는 젖은 양말을 벗어 던지고 병호 씨 옆에 가서 앉았다.

"어? 텔레비전이 왜 이래?"

캄캄한 텔레비전에서는 소리만 흘러나오고 있었다.

"나도 모르지. 서비스 센터에 전화했는데 안 온다더라."

"왜애?"

"와 봤자 소용없다고. 너무 오래된 거라서 부품이 없대."

오늘의 우울 사건 그 넷째, 낡은 뚱뚱이 텔레비전이 결국 고장 났는데 고칠 방법도 없다. 우리는 아무것도 보여 주지 않고 떠들어 대기만 하는 텔레비전을 쳐다보다 동시에 한숨을 쉬었다. 그때 보일러실 문이 열리며 꽃님이가 나왔다.

"들어오려던 복도 나가겠소이다. 무슨 한숨을 그리 쉬는 것이오이까?"

오늘의 우울 사건 그 다섯째, 꽃님이가 집에 있다는 건 오늘도 돈 벌 거리를 찾지 못했다는 뜻이다.

"텔레비전이 고장……."

나는 축 처진 목소리로 대답하다 눈을 둥그렇게 떴다. 꽃님이가 어디서 났는지 주머니가 잔뜩 달린 조끼를 입고 있었던 것이다. 위에 두 개, 아래 두 개, 옆에 하나씩, 주머니가 여섯 개나 되었다.

병호 씨가 호기심 어린 표정으로 물었다.

"웬 조끼야?"

꽃님이가 비싯 웃으며 가슴을 쭉 내밀었다. 윗주머니에 적힌 '꽃님'이라는 이름과 그 아래 글자가 눈에 들어왔다.

"태, 택배?"

나는 조끼에서 눈을 떼지 못했다.

"근사해! 멋져! 그 조끼 나도 한번 입어 보면 안 될까? 응? 꽃님아, 응?"

졸라 대는 나를 떼어 내고 병호 씨가 걱정스레 물었다.

"택배 기사를 하기로 한 거야? 그거 엄청 힘들 텐데."

"어디 쉬운 일이 있겠소이까? 그래도 상자 하나당 만 원씩 준다니 힘든 값은 할 것이외다."

"만 원? 오오, 대박! 백 상자 배달하면 백만 원, 이백 상자 배달하면 이백만 원이잖아! 그거 나도 하면 안 될까?"

꽃님이가 콧방귀를 뀌었다.

"음유시인은 어쩌고 택배 배달을 한단 말이오이까?"

"택배 배달하면서 음유시인 하면 되지."

"그럴 거면 애초에 가장은 왜 그만두겠다고 한 것이오이까?"

꽃님이의 타박에 병호 씨가 구시렁댔다.

"싫음 그냥 싫다고 할 것이지."

"싫소이다. 황천이 어떤 곳인 줄 알고 인간이 나서는 게요? 신경 끄는 게 이로울 것이외다."

병호 씨가 흠칫했다.

"황천이라면…… 그, 죽으면 간다는 곳?"

"그렇소이다."

나는 숨을 삼켰다. 어디서 들어 봤다 했더니.

"그런 데서 일해도 괜찮아? 그러지 않아도 꽃님이 너, 너……."

눈을 내리깔고 우물거리자니 꽃님이가 말했다.

"목숨이라는 게 그리 쉬이 다하는 것이 아니외다. 메리가 아이를 낳고 그 아이가 또 아이를 낳을 때까지는 끄떡없다 하지 않았소이까. 그러려고 아침저녁으로 인사도 하는 것이고. 황천은 꽃님이가 영물로 나서 자란 곳이외다. 별스러운 걱정은 접어 두시오."

그러고는 조끼 주머니에서 반으로 접힌 종이봉투를 꺼내 나에게 건넸다.

"품삯을 미리 좀 받았으니, 장부터 보고."

무겁던 마음이 언제 그랬냐는 듯 둥실 떠올랐다. 나는 신이 나서 봉투를 챙겼다. 병호 씨는 불만스러운 표정으로 봉투랑 나랑 꽃님이를 번갈아 보다가 문을 쾅 닫으며 안방으로 들어갔다. 그러건 말건 나는 날아갈 것 같았다.

"만세! 역시 우리 꽃님이가 최고야, 최고!"

나는 꽃님이를 번쩍 안아 올렸다.

정말이지 우울에 우울을 섞은 다음 우울을 뿌린 날이었는데,

꽃님이가 일자리를 구하다니! 그것도 택배 기사가 되다니!

"들어 올리는 건 질색이외다."

꽃님이는 앞발 후려치기를 날리며 내 품에서 빠져나오더니 보일러실로 횡 들어갔다.

나는 황홀한 상상에 빠졌다. 꽃님이가 택배 기사라니. 이름이 적힌 멋진 조끼, 높이 쌓아 올린 택배 상자, 상자를 가득 실은 커다란 자동차…… 잠깐, 자동차? 맞다, 자동차!

나는 한달음에 달려가 보일러실 문을 열어젖혔다.

"꽃님아! 나 체험학습 가게 자동차 좀……?"

그런데 보일러실 안에 꽃님이가 없었다.

'분명히 들어가는 걸 봤는데.'

그때 어디선가 작은 소리가 들려왔다. 나는 보일러와 벽 사이 좁은 틈으로 몸을 들이밀었다. 소리는 벽 뒤에서 흘러나오고 있었다.

"찍고! 찍고!"

벽에 귀를 대자 소리는 더 커졌다.

"나누고! 나누고!"

"쌓고! 쌓고!"

여긴 지하라 벽 뒤는 땅속이었다. 땅속에서 말소리가 들리다니. 오싹해서 벽 짚은 손을 화들짝 떼어 내는데, 갑자기 벽이 앞

으로 쑥 밀려났다.

벽은, 꼭 벽처럼 생긴 문이었다. 그리고 그 문 너머로 맨 먼저 보인 것은 꽃님이었다. 어지간히 놀랐는지 눈동자가 실처럼 오므라들어 있었다. 다음은 수많은 택배 상자들, 그리고…… 세상에나!

"버, 버, 벌레!"

꽃님이가 쏜살같이 다가와 내 입을 막았다.

"조용히 하지 못하겠소이까!"

나는 읍읍거리며 눈앞에서 구물거리는 것들을 손가락으로 가리켰다. 가늘고 기다란 다리가 오십 개쯤 돋은 선인장같이 생긴 벌레가 몸을 파르르 떨었다.

"쯧쯧. 손가락질을 하다니, 무례하고! 무례하고!"

소름이 돋았다. 벌레가 말을 하고 벌레가 혀를 차는 게 문제가 아니었다. 그런 일이라면 나름대로 익숙해졌다. 문제는 크기였다. 선인장같이 생긴 벌레는 길이가 내 팔만 했다. 그 옆에서 새카만 등딱지를 말았다 폈다 하는 벌레는 '특대' 수박만 했다. 그것도 촉수 같은 발이 와글와글 달린 수박.

"시끄럽고! 시끄럽고!"

마지막을 장식한 건 껍질이 딱딱한 지렁이같이 생긴 길쭉한 벌레였다. 거짓말 안 보태고 발이 백 개는 되어 보였는데, 키가 거의 내 가슴까지 왔다.

"방해되고! 방해되고!"

꽃님이가 나를 지그시 보았다.

"조용히 할 수 있겠소이까?"

고개를 끄덕이자 꽃님이가 앞발을 뗐다. 나는 비명을 참느라 헐떡이며 물었다.

"저, 저게 뭐야? 저 징그러운 건!"

"말본새하고는! 어서 용서를 빌지 않고 무엇 하는 것이오이까?"

꽃님이가 윽박지르는 통에 나는 떨어지지 않는 입술을 억지로 떼어 사과부터 했다.

"미, 미안합니다."

그러자 꽃님이는 선인장 벌레, 까만 등딱지 벌레, 지렁이 벌레를 차례로 가리켰다.

"이쪽은 돈 반장, 이쪽은 공 반장, 이쪽은 노 반장이오이다. 돈 반장은 본디 돈벌레고, 공 반장은 공벌레, 노 반장은 노래기외다. 이쪽은 이 몸이 보살피고 있는 인간으로 심메리라 하외다."

분위기에 떠밀려 나는 벌레들을 향해 꾸벅 고개를 숙였다.

"안녕하세요."

"아직 어려 철이 없어 그런 것이니, 이해해 주셨으면 하외다."

꽃님이까지 고개를 숙이자 벌레 세 마리가 이쪽을 향해 더듬이를 까딱거렸다. 그러곤 다시 상자를 향해 재게 발을 놀렸다.

돈벌레는 발마다 도장을 들고 택배 상자에다 눌러 찍었다.

"찍고! 찍고!"

공벌레는 도장을 찍은 택배 상자를 등으로 밀어 여러 더미로 나누었다.

"나누고! 나누고!"

노래기는 나눈 택배 상자를 기다란 다리로 착착 쌓아 올렸다.

"쌓고! 쌓고!"

나는 꽃님이를 돌아보았다.

"이게 다 뭐야?"

"택배 상자지 뭐긴 뭐겠소이까."

"우와!"

알지, 킹리치, 맘손, 피어라…… 홈쇼핑에서 보던 상표들이 상자 여기저기 박혀 있었다. 상자마다 근사한 물건이 들어 있을 거라고 생각하니 보고만 있어도 가슴이 벅찼다. 저게 다 내 거라면 얼마나 좋을까!

꽃님이가 입을 헤벌리고 있는 나를 보일러실로 끌고 나왔다.

"뒷문은 어찌 열고 들어왔소이까?"

"뒷문?"

"벽에 난 문 말이외다."

나는 입술을 불퉁하게 내밀었다.

"그냥 열리던데, 왜 나한테 그래? 못 들어오게 하려면 잠가 놨으면 되잖아."

꽃님이가 아차 하는 표정을 짓더니, 잠시 말을 잇지 못했다. 그러다 이내 나를 붙들고 다짐을 놓았다.

"호호 씨가 우리 집에 들어왔을 때 이 몸이 무어라 했는지 기억하오이까?"

나는 찔끔해서 고개를 끄덕였다.

"대, 대충은?"

"보여도 안 보이는 듯 들려도 안 들리는 듯, 알은체 말고 다가가지도 말고, 이 일에 끼어들 생각은 꿈도 꾸지 말아야 할 것이라고, 이쪽은 딴 세상이다 그리 생각하라 하였소이다. 무슨 말을 하는지 알겠소이까?"

"응."

"호호 씨 때와 같은 일이 있어서는 결코 아니 되오이다. 이 일에 대해서는 입도 벙긋하지 마시오. 병호 씨한테도! 약속할 수 있겠소이까?"

"약속할게."

자동차 이야기는 꺼내 보지도 못한 채 쫓겨나고 말았다. 그러나 결과부터 말하자면 나는, 밤이 채 지나기도 전에 그곳으로 다시 들어가게 되었다.

4장

병호 씨, 가출하다

그날 밤은 쉽게 잠이 오지 않았다. 잠자리에 누웠지만 보일러실 뒤에서 본 것들이 머릿속에서 떠나지 않았다. 그러다 겨우 잠이 들었는데, 잠결에 볼에 무언가 차가운 것이 닿았다. 고개를 틀었지만 툭 투둑 툭 차가운 것은 따라왔다. 흐릿한 눈을 끔뻑이는데 투욱, 눈가에 물방울이 떨어졌다. 어? 전에도 이런 적 있었……, 나는 눈을 번쩍 떴다.

"비 샌다!"

그 소리에 병호 씨가 퍼뜩 일어났다.

"어디? 어디?"

불을 켜고 천장을 올려다보자 흠뻑 젖어 퉁퉁 불은 벽지가 보였다. 병호 씨가 끙 앓는 소리를 냈다.

"태풍이라더니!"

창밖을 보았지만 새카만 유리창에는 부스스한 나와 병호 씨만 덩그러니 비쳤다. 비가 얼마나 오는 걸까? 문득 지붕도 없는 옥상에 생각이 미쳤다.

"앗, 티라노!"

나는 허둥지둥 방을 나섰다.

"야! 어딜 가!"

병호 씨가 소리쳤지만 아랑곳하지 않고 우산을 챙겼다.

현관문을 열자 콰아아아! 무시무시한 빗소리가 쏟아져 들어왔다.

빗줄기가 우산을 뚫을 듯 내리꽂혔다. 나는 손잡이를 단단히 고쳐 잡고 옥상으로 올라갔다. 티라노가 있는 창고는 다행히 무사했다. 지난번 쥐 습격 사건이 있고 난 뒤 구멍 난 곳을 고친 덕분이었다. 그래도 빗방울이 조금씩 새는 것 같기에 나는 티라노 집 위에 우산을 씌우고 옥수수 사료가 든 통으로 단단히 괴어 놓았다.

집에 돌아오니 문이 덜 닫혔는지 그새 현관이 물바다였다. 신발이 둥둥 떠다니고 있었다. 안으로 들어와 문을 당겼지만 제대로 닫히지가 않았다.

"아빠!"

문틈으로 빗물이 울컥울컥 새어 들어왔다. 안방에서 나온 병호 씨가 펄쩍 뛰었다.

"현관문 열어 놓고 갔었냐! 으이구, 우산은 어쩌고 다 젖어서는……. 티라노는 괜찮냐?"

"응. 근데 어떡해! 아빠, 어떡해!"

병호 씨가 한참 실랑이 끝에 겨우 문을 닫았다. 하지만 물은 이미 복숭아뼈까지 올라온 뒤였다. 물살은 빠르게 거실을 지나 안방으로 흘러 들어갔다. 병호 씨가 허둥지둥 안방으로 들어갔다. 나는 거실 바닥에 굴러다니는 물건들을 손에 잡히는 대로 주워 텔레비전 위에 올려놓았다. 텔레비전이 뚱뚱이라 제법 많은 물건들이 올라갔다. 안방에 들어가자 책상 위에 올려 둔 이불이랑 베개, 병호 씨 기타랑 내 책가방이 보였다.

병호 씨가 기타 집을 둘러메고는 책가방을 나에게 건넸다.

"중요한 것만 챙기자."

딱히 중요한 것 같진 않지만, 나는 책가방을 멨다.

병호 씨가 우울한 표정으로 중얼거렸다.

"안방이랑 거실은 됐고, 이제 화장실이랑……."

나는 발목을 휘감은 물살을 내려다보다 퍼뜩 고개를 들었다.

"맞다, 보일러실!"

거기라고 괜찮을 리 없었다. 나는 병호 씨를 끌고 보일러실로 갔다. 문을 열자 물이 흥건한 바닥이 눈에 들어왔다. 안으로 들어가 보일러 뒤에 있는 벽을 밀었지만 지난번과는 달리 꿈쩍도 하지 않았다. 문이 잠겨 있었다. 나는 벽을 두드리며 소리쳤다.

"꽃님아! 꽃님아! 거기 누구 없어요?"

뒤통수가 따가웠다. 보나 마나 병호 씨가 황당하다는 듯 보고 있겠지. 나는 아랑곳하지 않고 벽에 대고 소리쳤다.

"저 메리예요, 심메리! 거긴 괜찮아요?"

병호 씨가 낑낑거리며 끼어들어 와 벽을 살폈다.

"아무것도 없잖아? 벽에다 대고 뭘 하는 거야?"

나는 망설이다 입을 열었다. 비상사태라 어쩔 수 없었다.

"이거 벽처럼 보이지만 문이야. 뒤에 꽃님이가 일하는 택배 회사 창고가 있어. 꽃님이가 웬 벌레들이랑 일하고 있더라고."

"그걸 왜 이제야 말해!"

"꽃님이가 절대 말하지 말랬단 말이야!"

병호 씨가 무언가 떠오른 듯 침을 꼴깍 삼켰다.

"혹시 그 벌레들, 영물이야?"

"몰라, 사람 말을 하긴 하던데. 어쨌든 꽃님이 일터가 물에 잠기면 큰일이잖아!"

나는 다시 벽에 대고 소리쳤다.

"다들 괜찮아요? 괜찮으냐고요?"

잠시 정적이 흐른 뒤 대답이 들려왔다.

"안 괜찮고, 안 괜찮고."

"아빠, 저쪽도 물에 잠겼나 봐!"

"어떡하냐, 택배 상자 다 젖겠다!"

병호 씨가 벽을 향해 소리쳤다.

"도와 드릴게요! 문 좀 열어 주세요!"

그 소리에 벽이 빼꼼 열렸다. 그 틈으로 기다란 더듬이가 튀어 나오는가 싶더니, 호빵만 한 머리가 나왔다.

"히이이익!"

병호 씨가 펄쩍 뛰며 물러섰다. 나도 찔끔했지만 마음을 단단히 먹고 있어서인지 처음처럼 기절할 것 같지는 않았다. 공벌레가 우리를 빤히 바라보았다.

"도와준다고? 준다고?"

내가 고개를 끄덕이자, 공벌레가 망설이는 듯 더듬이를 뒤로 눕혔다. 그때 공벌레 머리 위로 노래기 머리가 쑥 올라왔다. 이어 돈벌레까지 고개를 내밀자 문틈으로 머리 셋이 쭈르르 늘어섰다.

"인간은 안 된다고 했다고, 했다고."

"그래도 도와준다는데, 준다는데."

"맞아! 우린 지금 큰일 났다고, 났다고."

셋은 잠시 쑥덕이더니 마침내 문을 활짝 열었다.

"좋아, 들어오라고, 오라고."

"대신 도와줘야 한다고, 한다고."

나는 엉덩이를 뒤로 빼는 병호 씨를 잡아끌었다.

"택배 상자가 다 젖게 내버려 둘 거야?"

병호 씨가 하는 수 없이 따라 들어왔다. 그런데 안은 생각하던 것과 전혀 달랐다. 바닥에 물기라고는 없었다.

"하나도 안 젖었잖아!"

병호 씨가 소리쳤다. 나도 어리둥절해서 물었다.

"물이 없네요?"

"물? 그게 웬 말이고, 말이고."

"비가 엄청 와서 우리 집은 물에 잠겼다고요!"

"그건 저쪽 일이고, 일이고."

"이쪽은 저쪽하고 상관없고, 상관없고."

공벌레, 돈벌레, 노래기가 앞다투어 말했다.

"그런데 왜 안 괜찮다고 했어요?"

공벌레가 고개를 휘휘 저었다.

"안 괜찮다! 안 괜찮다!"

돈벌레가 나한테 도장 두 개를 쥐어 주었다.

"바쁘다! 바쁘다!"

나는 한 손에 하나씩 도장을 받아 들었다.

공벌레가 택배 상자를 내 쪽으로 밀었다.

"주문 폭주! 주문 폭주!"

얼결에 도장을 찍자 하나는 취급 주의 표시가, 하나는 'HELL'이라고 헬택배 상표가 찍혀 나왔다. 노래기가 도장을 찍은 택배 상자를 한쪽에 쌓았다.

"일해라! 일해라!"

"빨리빨리! 빨리빨리!"

우리는 그때부터 정신없이 도장을 찍고, 상자를 날랐다. 벌레들 틈에서 쉴 새 없이 일했다. 큰 상자, 작은 상자, 납작한 상자, 퉁퉁한 상자, 바위 같은 상자, 깃털 같은 상자, 절그럭거리는 상자, 딱지 붙은 상자, 상자, 상자, 상자…… 병호 씨랑 내가 지쳐 주저앉자 공벌레가 혀를 찼다.

"약해 빠졌고, 빠졌고."

돈벌레가 들고 있던 도장을 바닥에 우르르 내려놓았다.

"이참에 좀 쉬자고, 쉬자고."

노래기도 상자 위에 걸터앉았다.

"그러자고, 그러자고."

나는 벌레들 눈치를 보며 슬쩍 물었다.

"꽃님이는 어디 갔어요?"

"배달하러, 배달하러."

"해 질 때 가고, 가고."

"해 뜰 때 오고, 오고."

벌레들의 대답에 나는 갑자기 걱정이 되기 시작했다. 꽃님이가 돌아오면 가만 안 있을 텐데, 이대로 돌아가 아무 일 없었다는 듯 시침 뚝 뗄까? 하지만 그건 그거대로 문제였다. 집이 물에 잠겨 잘 곳이 없었다.

그런 내 걱정을 아는지 모르는지, 병호 씨는 기타 집을 껴안고 콧노래를 흥얼거리다 뜬금없이 질문을 던졌다.

"노래 좀 불러도 돼요? 갑자기 영감이 떠올라서……."

벌레들은 기뻐했다.

"좋고말고, 좋고말고."

"노래해라, 노래해라."

"어서, 어서."

열렬한 환영에 병호 씨가 흐뭇한 표정으로 기타를 퉁기며 노래를 시작했다.

주문 폭주, 주문 폭주

그날 배달, 그날 배달

파는 사람 좋아 좋아

사는 사람 좋아 좋아

좋아서 좋겠다, 부러워 죽겠다

우리는 괴로워, 우리는 힘들어

쌓아도 쌓아도, 날라도 날라도

끝없는 택배 상자, 끝없는 택배 상자

네버엔딩, 네버엔딩, 네버네버, 엔딩엔딩

벌레들이 더듬이를 우쭐대며 박수를 쳤다. 차르르 차르르, 가느다란 발들을 부딪히며 내는 박수 소리가 간지러웠다.

"또 하라고, 하라고!"

벌레들이 조르자 병호 씨는 다시 기타를 퉁겼다. 나는 적당한 택배 상자를 하나 찾아 품에 안고 머리를 기댔다. 한밤에 자다 깨서 그런지 눈꺼풀이 무거웠다. 나는 병호 씨 기타 실력이 도무지 늘지 않는 게 신기하다고 생각하며 잠이 들었다.

"대체 여기서 무얼 하는 것이오이까?"

귀에 익은 목소리에 나는 눈을 비비며 일어났다.

"어……, 잤는데?"

힘겹게 눈을 뜨자 꽃님이가 나를 올려다보고 있었다. 앞발에 턱을 괸 채 꼬리를 흔드는 게 피곤한 것도 같고, 화가 난 것도 같고, 둘 다인 것도 같았다.

"이 몸이 무어라 했소이까? 여기 다시 오라 했소이까, 말라 했소이까?"

나는 잠이 덜 깬 채 변명을 주워섬겼다.

"그게, 집이 물에 잠겨서, 여기도 그런 줄 알고 와 봤다가, 벌레들이 일하라고 해서 도와주다 지쳐 잠들었는데…… 그러니까…… 일부러 그런 건 아니란 말이야."

꽃님이가 콧김을 풍풍 뿜었다.

"집이 물에 잠기다니, 원 참, 아침 인사를 해야 하는데, 빈말로라도 좋은 아침이라고는 할 수 없겠소이다."

"응. 오늘 아침은 엉망진창이야."

나는 주위를 둘러보았다. 병호 씨는 보이지 않고, 벌레들은 택배 상자 사이에 몸을 둥글게 말고 곯아떨어져 있었다. 나는 허리를 폈다. 밤새 쭈그리고 잤더니 허리가 아팠다.

"근데 지금 몇 시야?"

"7시외다."

"지금까지 일하고 온 거야?"

"그렇소이다. 그나저나 그 택배 상자나 내려놓지 그러시오이까? 다 찌그러지겠소이다."

택배 상자를 바닥에 내려놓는데 문득 상자에 붙은 쪽지가 눈에 들어왔다.

메리야, 아빠 카드값 해결하고 돌아올게. 오래 걸리진 않을 거야.

꽃님아, 나 없는 동안 우리 메리 잘 부탁해.

오래? 나 없는 동안? 나는 쪽지에 적힌 내용을 바로 이해하지 못했다. 언제 돌아올지 모른다는 말이란 걸 깨달은 건 조금 뒤였다. 그러니까 아빠는 집을 나간 것이다. 쪽지 하나 달랑 남겨 놓고.

5장

메리, 황천에 가다

"어쩜 이럴 수가 있어!"

나는 상자에서 쪽지를 떼어 내며 씩씩댔다. 이건 해도 해도 너무하다.

"난 어떡하라고!"

"어떡하긴, 학교 갈 준비 할 시간이외다."

"지금 학교가 문제야? 하룻밤 사이에 집은 물에 잠겼지, 아빠는 집 나갔지……."

내가 곧 울음을 터트릴 듯 코를 훌쩍이자 꽃님이가 쯧, 혀를 찼다.

"병호 씨는 참으로 알기 쉬운 사람이외다."

꽃님이가 앞발로 상자 윗부분을 툭툭 두드렸다. 보내는 사람 주소가 적힌 곳이었다.

황천 세길내 지네골 ○○번지 헬쇼핑

"어디서 많이 들어 본 이름이 있지 않소이까?"

"헬쇼핑! 혹시…… 직접 헬쇼핑을 찾아간 거야?"

꽃님이가 앞발로 수염을 쓸었다.

"왜 아니겠소이까? 그러지 않아도 헬쇼핑을 찾았다고 하려던 참이었는데, 그새를 못 참고……."

"아빠 혼자서 헬쇼핑을 어떻게 찾아가? 황천 세길내 지네골? 거기가 어딘 줄 알고?"

꽃님이가 방 한쪽에 난 회색 문을 가리켰다. 택배 창고에는 문이 세 개 있었다. 택배 상자가 쌓여 있는 벽을 중심으로 맞은편에는 보일러실로 통하는 '뒷문', 왼쪽 벽에는 미닫이문, 오른쪽 벽에는 회색 문이 나 있었다.

"저 회색 문을 열고 나가면 바로 황천 세길내 기슭이외다. 그걸 알려 준 이가 있었을 터."

꽃님이가 곯아떨어진 벌레들을 눈짓으로 가리켰다.

"그래서 이 방에 들어오지 말라고 신신당부한 것이거늘. 그래도 살아 있는 몸으로 세길내를 건널 수는 없으니, 목숨을 잃을 일은 없을 터. 너무 걱정 마시오, 메리."

학교에 왔지만 수업이 귀에 들어오지 않았다. 병호 씨 걱정을 하다, 벌레들을 원망하다, 물에 잠긴 집 때문에 고민하다, 다시 병호 씨 걱정을 하다……, 그러다 보니 어느새 점심시간이 되었다.

보통 때라면 한입에 먹어 치웠을 닭튀김을 젓가락으로 쿡쿡 찌르고 있자니 승연이가 물었다.

"메리야, 무슨 일 있어?"

나는 덤덤하게 대답하려고 애썼다.

"집이 물에 잠겼어."

"뭐? 진짜?"

"진짜지 그럼."

"큰일 났네. 어떡해, 메리, 속 많이 상하겠다!"

승연이가 안타까운 듯 외쳤지만 나는 입을 꾹 다물었다. 할 말이 없기도 했지만 호들갑스러운 위로가 오히려 기분 나빴다. 엄마도 있고, 아빠도 있고, 집도 있고, 자동차도 있는 승연이가 지금 내 기분을 짐작이나 할까?

"그럼 이제 어디서 사는 거야? 설마 그때처럼 공원에서 지내는 건 아니지? 비도 오는데."

걱정되어 묻는 말일 텐데 고깝게 들렸다. 마음속 어딘가가 단단히 꼬인 모양이었다. 나는 쏘아붙이지 않으려고 무진 애를 썼다.

"아빠 회사에서 자."

사실은 꽃님이네 택배 창고지만.

승연이가 어쩐지 조금 실망한 표정으로 물었다.

"회사가 어딘데?"

"좀 멀어."

사실은 우리 집 보일러실 벽 뒤지만.

"그럼 학교에는 어떻게 왔어? 버스 타고?"

"아빠가 차로 데려다줬어."

사실은 차도 없고 아빠도 없지만.

"거짓말."

마치 내 마음을 읽기라도 한 듯 승연이가 톡 쏘아붙였다. 나는 뜨끔했지만 부러 눈을 둥그렇게 뜨고 되물었다.

"뭐가 거짓말이라는 거야?"

승연이가 입술을 삐죽였다.

"너희 집에 차 없잖아. 그래서 나윤이 엄마가 하는 체험학습 모둠에도 못 들어온 거잖아."

그 말을 듣는 순간 나는 반찬 찌꺼기가 더덕더덕 붙은 식판이 된 것 같은 기분이 들었다.

"차 있거든."

"그럼 체험학습 모둠에 들어올 수 있겠네. 한나윤한테 말해 줄까?"

승연이 말투가 너무나 얄미워 나도 그 못지않게 얄밉게 대답했다.

"그러든지!"

어두운 하루였다. 하늘에는 짙은 구름이 이불처럼 깔려 있어 낮에도 어둑어둑했고 하루 종일 비가 내렸다. 수업이 끝나자 1층 출입구가 우산 펴 드는 아이들과 마중 나온 엄마들로 바글바글했다. 나는 사람들 사이를 비집고 나와 뒤집어질 듯 들썩이는 우산 속에 머리를 집어넣었다.

집에 돌아오니 집주인 할머니가 우리 집을 살펴보고 있었다.

"아이고, 방이 다 잠겼네. 우예 이런 일이 다 있노. 아이고, 참, 마, 우짜믄 좋노."

현관문은 열린 채 아래쪽으로 기우뚱하게 내려앉아 있었다.

"이 양반은 전화기도 꺼져 있고, 한심한 양반이데이. 참말 한심하데이."

할머니 입에서 아빠 흉보는 소리가 나오다니, 별일이었다.

"메리, 느그 아빠 어데 계시노?"

떠보는 듯한 말투에 가슴이 졸아들었다. 건너 골목 맨 안집에 아빠인지 엄마인지, 아이들만 남겨 두고 집을 나갔다는 소문이 돌았을 때, 할머니는 빗자루로 바닥을 쳐 가며 온갖 욕을 퍼부었다.

"공연 갔어요. 며칠 걸릴 거래요."

다행히 침착하게 대답이 나왔다. 할머니가 무릎을 치며 감탄을 터트렸다.

"뭐, 공연이라꼬? 하이고, 요즘은 마, 희한한 노래가 유행 아이가. 느그 아빠 잘나가는가 보데이. 그 냥반 그란 일 있으면 내한테 말이라도 하고 가제. 갑자기 안 보여 갖고, 내 간이 다 덜컥 내려앉았다이가. 집은 이 꼴인데 어린아 혼자 두고 어데 갔는가 싶어 갖고."

할머니가 병호 씨 노래를 듣고도 내 말을 믿는 게 놀라웠다. 어쨌든 미심쩍은 기색이 가신 표정이라 마음이 놓였다.

"사람을 부르기는 했는데 금방은 못 고친다 카더라. 메리 니는 당장 어데서 잘 거고? 잘 데 없으면 느그 아빠 올 때까지 우리 집에서라도……."

나는 고개를 저었다. 꽃님이가 학교 끝나면 택배 창고로 오라고 했다. 나는 승연이한테 한 거짓말을 다시 했다.

"아빠 회사에서 자기로 했어요."

"그래? 느그 아빠 회사 그만둔 거 아이었나?"

"알바는 해요."

더 이야기하다간 들통이 날 것 같아 나는 말을 돌렸다.

"근데 택배는 왔어요?"

할머니가 멈칫하더니 풀 죽은 목소리로 말했다.

"취소됐다 카더라."

"왜요?"

"내도 모린다. 카드인지 뭔지 거지깽깽이 같은 기 결제가 안 된다고……."

할머니는 몹시 속이 상한지 그 말을 하고는 팩 돌아섰다.

"느그 아빠랑 연락되면 꼭 할매한테 전화해라 캐라."

나는 할머니 당부에 건성으로 대답하고는 집으로 들어갔다.

'어린아 혼자 두고 어데 갔는가 싶어 갖고.'

할머니 말이 귓가에서 떠나지 않았다.

"괜찮아, 금방 돌아올 거야."

나라도 나를 달래 보았지만 별로 도움은 되지 않았다.

나는 신을 신은 채 안으로 들어갔다. 장판이 찌걱거리며 물이 새어 나왔다. 군데군데 웅덩이도 있었다. 나는 엉망이 된 집을 애써 외면하며 보일러실로 들어갔다.

"메리라고, 메리라고."

"바쁘다고, 바쁘다고."

"일하라고, 일하라고."

택배 창고에 들어서자 벌레들이 기다렸다는 듯 나를 반겼다.

"메리는 일꾼이 아니외다."

꽃님이가 벌레들을 막아서더니 나를 미닫이문으로 데려갔다.

"창고 옆방이 비었으니, 집이 수습될 때까지는 여기 머무르는 게 좋을 듯하외다."

문을 열자 택배 창고만 한 방이 또 하나 나왔다. 방에는 꽃님이가 가져다 놓았는지 이불, 옷, 밥상, 밥통이랑 반찬통 같은 눈에 익은 물건들이 쌓여 있었다.

"티라노도 데려와야 해. 할머니한테 아빠 회사에서 잔다고 해서 티라노 밥 챙겨 주러 못 갈 거 같아."

꽃님이가 허락하자 나는 곧장 옥상으로 가 티라노를 데려왔다.

빡빡 빡빡빡, 티라노가 낯선 곳이 신기한지 날개를 치며 바닥을 쪼아 댔다.

"이 방 안에서는 무엇이든 해도 좋지만 혼자 저 문밖을 나가서는 결코 안 될 것이외다."

꽃님이가 자물쇠가 채워진 문을 가리켰다. 옆방에서 본 것과 같은 회색 문이었다. 황천으로 통하는 문, 저 문을 혼자 나설 생각은 조금도 없었다.

"응. 약속할게."

내가 다짐을 하자 꽃님이는 바삐 일어나며 번갯불에 콩 볶아 먹듯 저녁 인사를 했다.

"저녁 편히 보내고 푹 쉬시오, 메리. 이 몸은 일하러 가야 하외다. 병호 씨도 찾아봐야 하니 서둘러야겠소이다."

"나도 갈래."

나는 저녁 인사 대신 꽃님이를 따라나섰다. 그리고 꽃님이가 뭐라 하기 전에 재빨리 말을 이었다.

"낯선 곳에 밤새 혼자 있기 싫어. 절대 싫어. 나도 병호 씨 찾으러 갈 거야. 아빠가 없어졌는데 어떻게 가만있어?"

꽃님이가 나를 빤히 올려다보다 돌아섰다. 그러고는 자물쇠를 풀고 회색 문을 활짝 열었다.

"자식이 부모를 찾겠다는데 무슨 수로 말리겠소이까?"

막상 문밖으로 나오자 몸이 움츠러들었다. 나는 발끝으로 조심스레 바닥을 쓸었다.

"여기가 황천이야?"

꽃님이가 우리가 막 나온 문을 가리켰다.

"정확히 말하면 보일러실 벽 뒤부터 황천이외다."

"무슨 황천이 이렇게 가까워?"

꽃님이가 귀 끝을 털며 콧김을 풍 뿜었다.

"이삿짐으로 문을 막아 놓지만 않았어도 이럴 일은 없었을 것이외다.”

“엉?”

“그때 갇혀 꼼짝 못 하게 된 뒤로 황천으로 곧장 통하는 뒷문을 터놓아 이리된 것이외다.”

번번이 우리 탓이어서 할 말이 없었다.

나는 눈동자를 굴려 주위를 살폈다. 눈길이 닿는 이 끝에서 저 끝까지 강이었는데, 한강처럼 끝이 안 보였다. 하지만 이곳에는 줄줄이 늘어선 다리도, 앞다투어 솟아오른 고층 건물도 보이지 않았다. 해도 달도 구름도 없이 어두컴컴하기만 한 하늘, 뿌연 안개, 삐죽삐죽 선 나무들뿐이었다. 몸통은 비비 꼬이고 가지는 갈고리 같은 게, 머리 없는 기사가 나오는 영화 속 나무같이 생겼다.

되게 무서운 영화였는데 이곳은 그만큼 무섭지는 않았다. 대신 뭐랄까, 그림 같은 풍경이었다. 그림처럼 근사하다는 게 아니라 눈앞에 있는데도 진짜가 아닌 것 같았다. 사진으로 본 달 표면하고 비슷한 느낌이랄까?

어쨌든 마음이 조금 놓였다. 나는 크게 숨을 들이쉬고 열린 문을 닫았다. 그 순간, 시커먼 궁둥짝이 눈앞에 나타났다.

6장

택배 왔소이다

나는 놀라 뒷걸음질을 치다 엉덩방아를 찧었다.

"소, 소가 왜 이런 데⋯⋯?"

웬 검은 소 한 마리가 앞에 서 있었다. 열려 있던 문짝에 가려 보이지 않았던 모양이다.

"택배 달구지를 끄는 소외다."

"달구지?"

그러고 보니 검은 소 뒤에 넙데데한 나무 수레가 매여 있고, 그 안에 택배 상자가 탑처럼 쌓여 있었다. 거의 창고 높이만 했다. 그러나 놀란 것도 잠시, 나는 맥이 빠졌다. 실망이 이만저만이 아니었다. 체험학습 때 택배 차에 태워 달라고 할 참이었는데, 소달구지라니! 승연이 얼굴 볼 일이 걱정이었다. 자동차가 있다고 괜히 큰소리쳐 가지고는…….

수레 위로 올라간 꽃님이가 담배를 꺼내 물며 어서 타라는 듯 고갯짓을 했다. 나는 한숨을 푹 쉬고는 꽃님이 곁에 올라탔다.

"황천 밤바람은 제법 차갑소이다."

꽃님이가 담요 한 장을 던져 주고는 고삐를 흔들었다.

"이려!"

소가 천천히 걸음을 내딛었다. 덜그덩덜그덩 흔들리는 느낌이 뜻밖에도 재미있었다. 나는 달구지 움직임에 몸을 맡긴 채 주위를 살폈다.

"헬쇼핑은 어느 쪽이야? 강 건너에 있는 거야?"

꽃님이가 수염을 파르르 떨었다.

"그런 뒤숭숭한 소리는 입에 올리지도 마시오. 강 건너는 죽은 자들이 사는 곳이고, 영물들이 사는 곳은 이쪽이외다."

"건물 같은 건 안 보이는데?"

"안개가 걷히면 차츰 보일 것이외다."

그러나 안개는 점점 짙어질 뿐이었다. 사방이 희뿌예서 좀 떨어진 곳은 가늠할 수가 없었다. 꼬불꼬불한 길과 앞뒤에서 가는 달구지 몇 대만 겨우 보였다. 꽃님이가 수레 바깥에 달린 무언가를 누르자 음악 소리와 함께 말소리가 들렸다.

"라디오가 있었어?"

"라디오뿐이겠소이까? 휴대전화도 있소이다."

나는 고개를 끄덕였다. 자동차가 아니라서 못내 아쉬웠지만 그
래도 근사했다.

라디오 소리에 맞춰 소는 끄덕끄덕 걸어갔다. 길가에 표지판
이 보이면 이내 샛길이 나왔다. 오소리길, 깊고 험한 강길, 나루
터길……, 길이 많기도 했다.

"헬쇼핑은 언제 갈 거야?"

"배달 끝나면 물건 챙기러 가야 하니, 그때 갈 것이외다."

"아빠한테 먼저 가면 안 돼?"

애가 타서 물었지만 꽃님이는 눈길도 주지 않았다.

"무어가 예쁘다고 부랴부랴 찾으러 간단 말이오이까? 한 번 두 번도 아니고, 쇠귀에 경을 읽어도 이보단 낫겠소이다. 큰 탈은 없을 터, 고생 좀 하게 내버려 둘 것이니 더는 말 마시오."

샛길이 나올 때마다 달구지들은 바퀴를 돌려 큰길에서 내려갔다. 앞뒤 달구지가 다 사라지고 시간이 조금 더 흘렀을 때, 점박이길이란 팻말과 함께 다시 샛길이 나타났다.

점박이길로 접어들자 안개가 서서히 물러갔다. 시골길처럼 좁고 한적한 길을 따라가자 작은 집들이 옹기종기 앉은 마을이 나타났다. 꽃님이는 마을 어귀 파란 대문 집 앞에 달구지를 세웠다. 그러고는 커다란 택배 상자 두 개를 한꺼번에 들어 올렸다. 꽃님이에 비해 택배 상자가 너무 커 보였다.

"도와줄게."

일어나려는 나를 꽃님이가 눌러 앉혔다.

"됐소이다."

꽃님이는 한 손으로, 그러니까 왼쪽 앞발로 택배 상자를 가볍게 들고는 파란 대문 앞으로 갔다.

"택배 왔소이다!"

꽃님이가 소리치자 집 안에서 점박이 개 한 마리가 구르듯이 달려 나왔다. 개는 문간에 다다르자 사람처럼 두 발로 걸어와 택배 상자를 받았다.

"왜 이렇게 늦었어요! 얼마나 기다렸는데!"

"죄송하외다. 안개 때문에 늦었소이다."

"핑계하고는. 황천에 안개 짙은 게 하루 이틀 일도 아닌데."

개는 얄밉게 쏘아붙이고는 팩 돌아섰다. 그러고는 택배 상자에 코를 박고 냄새를 킁킁 맡더니 꼬리를 흔들며 부리나케 집으로 들어갔다. 나는 꽃님이 눈치를 살폈다. 꽃님이는 별말 없이 달구지로 돌아와 상자 세 개를 한꺼번에 들고 옆집 문을 두드렸다.

"택배 왔소이다!"

등에 흰 점이 난 노루가 경중경중 걸어 나왔다. 다행히 얄미운 소리를 하는 이는 더 없었다. 대부분 반가운 얼굴로 나와 택배 상자를 받아 들고 고맙다고 인사했다.

그런데 배달이 순조로울수록 내 기분은 점점 가라앉았다. 꽃님이가 상자를 들고 이 집 저 집 문을 두드릴 때마다 달구지의 택배 상자가 부쩍부쩍 줄어들었다. 보통이 서너 개고, 열 개까지 택배를 주문한 집도 있었다.

마을을 다 돌았을 때쯤 탑처럼 쌓여 있던 택배 상자는 절반도

남지 않았고, 다음 마을을 다 돌기도 전에 거의 바닥났다. 내 기분도 바닥이었다.

꽃님이는 남은 상자를 몽땅 들고 마지막 집 대문을 두드렸다. 토끼 세 마리가 앞다투어 뛰어나와 잽싸게 상자를 들고 들어갔다. 나는 반품 상자만 남은 달구지를 보며 입을 삐죽였다.

"택배 기사가 되면 뭐해. 고생은 고생대로 하고, 우리 택배는 하나도 없고."

꽃님이가 소를 길 반대쪽으로 몰며 말했다.

"그야 당연한 것 아니오이까?"

나는 대답 대신 원망 어린 눈길로 마지막 택배 상자들을 한꺼번에 집어삼킨 대문을 노려보았다. 그런데 그때, 갑자기 문이 열리더니 상자 하나가 휙 날아왔다. 상자는 뚜껑을 덜렁이며 대문 옆 쓰레기통으로 홀랑 들어갔다. 언뜻 봐도 빈 상자가 아니었다.

"꽃님아, 잠깐만!"

내가 빽 소리치자 꽃님이가 놀라 달구지를 멈추었다.

"무슨 일이오이까?"

"택배 상자를 버렸어! 저거 내가 가져도 돼? 응? 제발, 제발!"

내가 졸라 대자 꽃님이가 수염을 씰룩였다.

"빈 상자를 무엇하려고 하오이까?"

"아냐, 뭐가 들어 있었다고. 내가 가져도 되는 거지?"

보름달문고 초등학교 고학년

문학동네
창작동화

문학동네 홈페이지 www.munhak.com 문의전화 (02)3144-3238(편집) (031)955-8895(마케팅)

새로 나온 문학동네 보름달문고

동희의 오늘 임은하 글 | 임나운 그림

선택은 매번 어렵고, 복잡한 마음은 누구에게도 보이기 싫다.
잔뜩 부푼 풍선껌처럼 아슬아슬한, 열세 살 동희의 오늘.

어제저녁 하연이에게서 온 문자 하나가 동희의 심장을 들었다 놓았다. 이제 석 달만 있으면
겨울방학인데, 졸업하면 중학교는 다른 동네로 갈 예정인데, 딱 그동안만 아무도 모른 채
지나갔으면 했는데. 그 마음이 그렇게 나쁜 것이었을까. 어김없이 아침은 오고 알람은 울
리기 시작했다. 가방 끈을 단단히 잡고 선 동희의 오늘이 시작된다.

저절로 알게 되는 파랑 신현이 글 | 임효영 그림

"누가 가르쳐 주지 않아도 스스로의 힘으로 알게 되는 것들이 있잖아."

누가 가르쳐 주지 않아도 저절로 알게 되는 것들이 있다. 어른들도 모르는 게 많다는 사실
이라거나 검은콩에 대한 무서움을 이겨 내는 법, 버려진 맹세의 반지들이 흘러가는 곳, 나
랑 꼭 닮은 구름의 빛깔 같은 것. 이 책은 새롭게 알아차릴 무언가로 가득한 하루하루를
보내는 어린이들의 비밀스러운 모험담을 들려준다.

슬이는 돌아올 거래 정재은 외 7인 글 | 한수민 사진

세월호를 기억하는 어린이문학 작가들의 2020 작품집

8편의 시와 동화를 수록했다. 여기 실린 작품들의 의미에 대해 임정자 작가는 누군가 함
께 있고 함께하는 것이라고 말한다. 위기에 처한 강아지를 구하려는 아이들 곁에, 이름을
잊은 아이 곁에, 우주를 돌아 집으로 돌아온 아이 곁에, 손주를 잃고 눈물 꾹꾹 눌러 참
는 할머니 곁에, 아빠가 돌아오길 기다리는 아이 곁에, 바다에서 새 생을 시작한 아이 곁
에, 밤하늘의 별을 보는 이들 곁에, 팽목바람길을 걷는 이들 곁에 함께 있고, 함께한다는.

블루마블 이나영 글 | 유경화 그림

목소리를 내는 너와, 너를 읽고 헤아리는 나

불규칙한 디딤돌을 조심스레 밟으며 나아가는 용감한 아이들의 목소리가 담긴 단편집. 차
갑고 비틀린 현실의 틈을 감지하는 예리한 시선과 그 속에서 분투하는 아이들의 목소리를
알아차리는 작가의 감수성이 여섯 편의 이야기를 고요히 압도한다.

2020 한국문화예술위원회 문학나눔도서

감정종합선물세트

김리리 글 | 나오미양 그림

띵동, 어느 날 갑자기 찾아오는
향긋한 그 상자

오픈키드 좋은 어린이책 추천도서

벽란도의 비밀 청자

문영숙 글 | 홍선주 그림

고려청자의 품격과 시대의 눈물을 담은
역사 동화

환상 정원

류화선 글 | 노준구 그림

신희에게, 정진초등학교, 도서관,
열쇠는 책에, 정원은 숲에 있어.

한국도서관협회 우수문학도서 | 2015 어린이도서연구회 추
천도서 | 2014 북토큰 추천도서

한밤에 깨어나는 도서관 귀서각

보린 글 | 오정택 그림

무심코 읽던 책을 진심을 담아 읽는 순간
기적이 일어난다

학교도서관저널 추천도서 | 학교도서관사서협의회 추천도서
| 국립어린이청소년도서관 여름방학 사서추천도서

해리엇

한윤섭 글 | 서영아 그림

인간은 진정으로 진화한 것인가

한국도서관협회 우수문학도서 | 학교도서관저널 2012 추천
도서

그 사람을 본 적이 있나요?

김려령 글 | 장경혜 그림

한 편의 동화가 세상을 바꾸다!

한국도서관협회 우수문학도서 | 한국아동문학인협회 어린이
책 우수도서 | 학교도서관저널 추천도서 | 원주 한 도시 한 책
읽기 선정도서 | 책 읽는 서울 선정도서

문학동네어린이문학상 수상작

긴긴밤 루리 글·그림

수많은 긴긴밤을 함께했으니 '우리'라고 불리는 것은 당연했다

지구상의 마지막 하나가 된 흰바위코뿔소 노든과 코뿔소 폼에서 태어난 어린 펭귄이 수없는 긴긴밤을 함께하며, 바다를 찾아가는 이야기이다. 울퉁불퉁한 길 위에서 엉망인 발로도 다시 우뚝 일어설 수 있게 한 것은, 잠이 오지 않는 길고 컴컴한 밤을 기어이 밝힌 것은, "더러운 웅덩이에도 뜨는 별" 같은 의지이고, 사랑이고, 연대이다.

제21회 문학동네어린이문학상 대상 | 2021 포천, 서산 올해의 책 | 우리대전같은책읽기 선정도서
2021 동대문구, 서대문구, 송파구 한 도서관 한 책 읽기 | 2021 예스24 좋은 어린이 도서상
2021 화이트레이븐 선정 | 2021 창비어린이 올해의 책

5번 레인 은소홀 글 | 노인경 그림

"시합은 이기려고 하는 거잖아요. 저는 이기고 싶어요."

강나루, 열세 살, 주 종목은 자유형. 금메달을 척척 따내는 한강초 수영부의 에이스다. 수영을 '왜' 하느냐는 질문을 마음속에 안은 채, 나루는 초등학교 마지막 여름을 누구보다 뜨겁게 맞이한다. 강력한 라이벌의 등장, 오랜 소꿉친구와의 다툼, 미스터리한 전학생의 입부 신청, 그리고 롤 모델이었던 언니의 다이빙 전향까지. 마음을 어지럽히는 일이 가득한 가운데 나루는 전국 수영 대회를 잘 치를 수 있을까?

제21회 문학동네어린이문학상 대상 | 2020 창비어린이 올해의 책 | 제61회 한국출판문화상 | 한국문화예술위원회 2020 문학나눔도서 | 2021 평택시 함께 읽는 책 | 2021 광양시, 광주 동구청 올해의 책

순재와 키완 오하림 글 | 애슝 그림

"74년 전에 일어난 차순재라는 소년의 사고를 막아 줬으면 합니다. 사례는 얼마든지 하겠소."

74년 뒤의 미래에서 누군가의 부탁으로 현재를 방문한 여행자는 작가에게 기이한 이야기를 들려준다. 너는 결코 열 살이 될 수 없다는 예언을 들은 아홉 살의 순재, 순재를 누구보다 사랑하는 친구 키완. 74년 동안의 모든 것을 바칠 만큼 소중했던 우정과 세상에서 사라지지 않은 아이들의 마음은 세 아이의 앞날을 어떤 모습으로 변주할까.

제19회 문학동네어린이문학상 대상 | 2019 학교도서관저널 추천도서 | 2019 북토큰 선정도서
2020 전남 올해의 책 | 2020 아침독서 추천도서

제후의 선택 김태호 글 | 노인경 그림

따뜻한, 살아 있는, 하나하나의 우주인 아이들의 목소리가 담긴 아홉 편의 단편

작가는 작은 존재들의 눈으로 번갈아 가며 세상의 벌어진 틈을 읽고 그 틈 사이에 떨어져 있는 소중한 것을 찾아낸다. 가장 나약해 보이는 존재들의 선택이 위축되고 상처받은 또 다른 존재들의 마음을 구해 낸다.

제17회 문학동네어린이문학상 대상 | 국립어린이청소년도서관 사서추천도서
어린이도서연구회에서 뽑은 어린이 청소년 책

여름이 반짝 김수빈 글 | 김정은 그림

같은 장소 같은 시간 꼭 지키고 싶은 약속

뜻밖의 사고로 유하가 떠난 이후, 언덕 위 파란 지붕 집에서 시작된 아이들의 비밀스러운 만남, 그리고 아이들이 부는 비눗방울을 타고 들려오는 유하의 목소리. 비밀이 만들어 내는 묘한 유대감 속에서 아이들은 유하가 잃어버린 목걸이를 찾아 주기 위해, 그리고 자신들을 위해 마지막 '보물찾기'를 시작한다.

제16회 문학동네어린이문학상 대상 | 2016 화이트레이븐 | 2016 김해시 올해의 한 책
경남독서한마당 추천도서 | 아침독서 추천도서 | 2020 동화동무씨동무 선정도서

노잣돈 갚기 프로젝트 김진희 글 | 손지희 그림

망가진 양심도, 끊어진 우정도 '프로젝트'처럼 착착 되돌릴 수 있을까?

저승사자의 실수로 저승에 끌려간 동우는 빌린 노잣돈을 갚으려고 프로젝트를 실행해 나간다. 그러나 노자 빚은 좀처럼 없어지지 않고 답을 몰라 헤매는 동우에게 저승사자는 한 가지 힌트를 건넨다. 삶은 '프로젝트' 따위가 아니며 장부로 계산을 종료하고 빠져나갈 수 없는 긴 여정임을 역설적으로 보여 준다.

제15회 문학동네어린이문학상 | 국립어린이청소년도서관 추천도서
2016 북토큰 추천도서 | 경남독서한마당 추천도서 | 2017 군포의 책

방학 탐구 생활 김선정 글 | 김민준 그림

액션 어드벤처 판타지 영화를 제압하는 칠금도 정복 작전

집과 교실은 안전하지만 때론 몸을 옭아매고 모험심과 도전 정신을 억압하는 덫이 되고 마는 현실. 낭만과 긍정의 소년 백석은, 초등학교 마지막 여름방학을 어마어마하게 근사하고 멋지게 보내기로 다짐한다. 그야말로 방, 학, 답, 게.

제14회 문학동네어린이문학상 | 조선일보 이 달의 어린이책 | 한국도서관협회 우수문학도서
학교도서관저널 추천도서 | 오픈키드 좋은 어린이책 추천도서

시간 가게 이나영 글 | 윤정주 그림

미래의 행복을 위해 '지금'의 삶을 유예시킨 아이들의 이야기

윤아는 우연히 만난 시간 가게에서 행복한 기억을 팔면 십 분이 생기는 거래를 하게 되고, 그 뒤로 평범했던 일상이 점점 다른 방향으로 흘러간다. 현실의 고통받는 아이들의 아픔에 접속하여 그들의 소망을 그들이 좋아하는 양식인 판타지로 그려 냈다.

제13회 문학동네어린이문학상 | 김해시 한 도시 한 책 읽기 선정도서 | 조선일보 이 달의 어린이책
국립어린이청소년도서관 사서추천도서 | 책 읽는 서울 한 도서관 한 책 읽기 선정도서
2014 화이트레이븐 선정도서

함께 읽으면 좋은 **문학동네 보름달문고**

얼어붙은 세상을 구하리라 **흰산 도로랑**

임정자 글 | 홍선주 그림

사람은 알 수 없는 짐승이야. 나를
죽이려고도 하고, 살리려고도 하는구나.

2009 문화체육관광부 우수교양도서

산속 작은 집 벽장에

김남중 글 | 이다연 그림

깊은 산속 외딴 집,
벽장 속에 고이 간직되어 온 이야기

제5회 문학동네어린이문학상 수상작

어느 날 그 애가

이은용 글 | 국민지 그림

한 교실 다섯 아이들이 들려주는
다섯 가지 비밀

아저씨, 진짜 변호사 맞아요?

천효정 글 | 신지수 그림

패소 전문 변호사와 전교 꼴찌 원숭이의
한판 승부

서울시립어린이도서관 권장도서 | 2016 제6회 창원아동문
학상 수상

돌 씹어 먹는 아이

송미경 글 | 안경미 그림

아이들을 위한 이야기는 모두 다 팝니다!

제5회 창원아동문학상 수상작 | 2016 서울시 한 도서관 한
책 읽기 선정도서 | 2016 평택 한 도시 한 책 읽기 선정도서 |
2016 인천 남구의 책 선정도서

쫄쫄이 내 강아지

이민혜 글 | 김민준 그림

내 생애 가장 반짝이는 순간을 만들어 준,
최고의 단짝

오픈키드 좋은 어린이책 추천도서

물이, 길 떠나는 아이 임정자 글 | 이윤희 그림

제 발로 걸어서 제 손으로 엮어서 온전한 자신을 완성하기까지

물이와 함께 태어난 동무 구렁이는 세상 사람들 그 누구의 환대도 받지 못하고, 물이는 결국 밥바구리 속에 구렁이를 숨기고 길을 떠난다. 매 순간 사람들을 진심으로 대하며, 자신이 줄 수 있는 것을 내어주며, 한 걸음 한 걸음 앞으로 나아가는 물이의 여정.

2020 여성가족부 추천 나다움어린이책

옛날 옛날 우리 엄마가 살았습니다 박혜선 글 | 최미란 그림

집중 탐구, 엄마의 어린이 생활!

어렸을 때 엄마는 무엇을 하며 지냈을까? 무엇을 좋아하고 싫어했을까? 엄마가 취재차 여행을 떠난 뒤 이정은 엄마의 노트북에서 엄마의 어린 시절 이야기를 발견한다. 두근대는 마음으로 이정은 외할머니와 함께 글을 읽어 나가며 미처 몰랐던 엄마의 모습을 하나하나 알아 가고 지금의 엄마에게 더 가까워진다.

2019 우수출판콘텐츠 제작지원사업 선정작

일곱 개의 화살(전2권) 이현 글 | 이지혜 그림

너희는 이제 한마음으로 어둠의 심장을 겨누게 될 거야!

신화적 상상력을 바탕으로 구축한 장대한 스케일의 세계, 그 안을 종횡무진 누비며 이어지는 긴장감 있는 서사의 장편 동화. 이야기의 주인공은 이제 막 활을 가져도 좋을 나이가 된 세 아이 마라와 동돌 그리고 이도다. 최고의 궁수가 되기만을 꿈꾸던 아이들의 평화 앞에 갑작스레 드리운 검은 회오리. 『일곱 개의 화살』은 짙은 어둠이 집어삼킨 세상이어도 어딘가에는 반드시 존재하는, '빛'에 대한 이야기이다.

고양이 가장의 기묘한 돈벌이 보린 글 | 버드폴더 그림
❶ 여우양복점 ❷ 황천택배 헬택배 ❸ 박스시티공장

일자리 좀 얻을 수 있겠소이까?

눈치 백단 현실주의자 딸 심메리와 눈치 제로 몽상가 아빠 심병호. 못 미더운 두 인간 식구를 먹여 살리기 위해 고양이가 팔을 걷어붙였다. 툭탁대다가도 사고 칠 때만큼은 환상의 궁합인 메리 부녀 덕분에, 고양이 꽂님이는 돈 벌어 오라, 집안사 신경 쓰랴, 발이 네 개여도 모자라다. 그런데 어떻게 고양이가 가장이 된 거냐고?

어린이도서연구회에서 뽑은 어린이 청소년 책

열세 번째 아이 이은용 글 | 이고은 그림
로봇 같은 아이와 인간 같은 로봇의 특별한 이야기

"키는 187센티, 성격은 냉철하게 해 주세요." 부모가 원하는 대로 아이를 만드는 2075년을 배경으로, 인간의 감정이 억제된 맞춤형 아이와 인간보다 깊은 감정을 지닌 로봇의 아름다운 우정을 그렸다. 인간의 만족할 줄 모르는 탐욕을 '로봇'을 통해 드러낸 점, 어떤 작품보다 흥미롭게 술술 읽히는 점은 응모작 중 단연 최고라는 평을 받았다.

제12회 문학동네어린이문학상 | 서울시립어린이도서관 권장도서
부천 한 도시 한 책 읽기 선정도서 | 예스24 어린이도서상

봉주르, 뚜르 한윤섭 글 | 김진화 그림
프랑스 뚜르에서 마주한 남북 분단의 현실

새로 이사한 집에서 의미심장한 한글 낙서를 발견한 봉주는 낙서의 주인공을 찾아 나선다. 그 과정에서 비밀에 싸인 소년 토시를 만나고, 더 나아가 우리의 비극적 현실인 분단 문제 속에 놓이게 된다. 추리 영화를 보는 듯한 장면전환과 세련된 문체가 돋보인다.

제11회 문학동네어린이문학상 | 한국간행물윤리위원회 추천도서
한국도서관협회 우수문학도서 | 경기문화재단 우수아동도서
학교도서관사서협의회 추천도서 | 오픈키드 좋은 어린이책 추천도서

거짓말 학교 전성희 글 | 소윤경 그림
거짓말 같은 진실을 들려주는 진실 같은 거짓말의 세계

우수한 아이들만을 골라 세계를 뒤흔들 창의적인 거짓말 인재를 양성하는 거짓말 학교. 각자 다른 환경에서 나고 자란 인애, 나영, 준우, 도윤은 거짓말 학교의 비밀을 파헤치는 일에 가담하게 되지만 거짓말 학교를 둘러싼 비밀은 점점 더 미궁 속으로 빠져든다.

제10회 문학동네어린이문학상 | 국립어린이청소년도서관 사서추천도서
행복한아침독서 추천도서 | 학교도서관사서협의회 추천도서

책과 노니는 집 이영서 글 | 김동성 그림
책방 심부름꾼 장이가 바라본 조선의 격변기

조선 시대 천주교 탄압을 배경으로 한 아이의 눈을 통해 혼란에 휩싸인 시대상을 잔잔하고 정밀하게 그리고 있다. 고난 속에서도 밝고 건강하게 살아가는 주인공을 보며, 오늘을 사는 어린이들이 보다 깊고 따뜻한 마음으로 우리 역사에 눈을 돌리게 될 것이다.

제9회 문학동네어린이문학상 | 2010 화이트레이븐 선정도서 | 알라딘 2009 올해의 책
한국도서관협회 우수문학도서 | 교보문고 선정 대한민국 대표 어린이도서
조선일보·경향신문 겨울방학 추천도서 | 국립어린이청소년도서관 사서추천도서

나는 대답도 듣지 않고 달구지에서 뛰어내렸다. 냉큼 쓰레기통으로 달려가 의기양양하게 택배 상자를 꺼내 들었다.

"앗! 진짜 들었다!"

상자 안에는 비닐에 둘둘 싸인, 칠판지우개만 한 물건이 들어 있었다.

"이리 가져와 보시오. 이 몸이 먼저 보아야겠소이다."

상자를 건네자 꽃님이가 코를 대고 벌름거리더니 군소리 없이 돌려주었다.

이려, 소리와 함께 소가 걸음을 옮기기 시작했다. 내 입꼬리가 날아갈 듯 올라갔다. 라디오에서도 하하호호 웃음소리가 들려왔다.

"황천크림, 효과가 엄청나죠?"

"믿을 수가 없네요. 정말 주름이 싹 지워졌어요!"

"지난주에 방송한 피어라화장품 매끈실크크림 기록 갈아 치우겠는데요."

여자 둘이 호들갑을 떨며 화장품 칭찬을 늘어놓았다.

화장품은 싫은데. 뭐가 들어 있을까? 주방 용품? 옷? 신발? 혹시 엄마손갈비맛햄? 나는 숨을 멈춘 채 비닐을 뜯었다.

"이게 뭐야?"

실망에 찬 목소리가 절로 나왔다. 비닐 안에는 손바닥만 한 모종삽과 작은 비닐봉지들이 들어 있었다. 봉지 안에는 거무튀튀한 색, 갈색, 초록색 자잘한 알갱이들이 따로따로 포장되어 있었다. 나는 상자 밑에 깔린 영수증을 꺼내 소리 내어 읽었다.

"사은품. 인기절정! 기능성 씨앗 5종 세트. 황소기운 무씨 한 줌, 백연발재채기 콩 한 줌, 폭탄방귀 고구마씨 한 줌, 왕부스럼 황천왕고들빼기씨 한 줌, 눈깜짝 감자씨 한 줌? 뭐야, 하필 이런 게 들어 있담. 이걸 어디다 써!"

"어디다 쓰다니, 심으면 되지 않소이까?"

속이 상해 꽃님이 말이 귀에 들어오지 않았다.

"티라노나 줘야겠다."

"한번 심으면 해마다 스무 배 백 배씩 불어날 텐데, 그걸 티라노 먹이로 주다니, 제법 아까운 일 아니오이까?"

눈이 번쩍 뜨였다. 맞다! 그러고 보니 콩 한 알을 심으면 깍지마다 대여섯 알씩 몇십 배로 열린다. 사과도 마찬가지다. 나무 한 그루에 해마다 사과가 주렁주렁 열린다.

"병아리를 키우는 것보다 훨씬 나을 것 같아. 쥐가 물고 갈 걱정도 없고."

꽃님이 말이 맞았다. 아까웠다. 안 심으면 엄청난 손해였다.

"근데 어디다 심지?"

"황천 어디든 남는 게 땅이외다."

머릿속에서 모락모락 생각이 피어올랐다. 인기절정! 기능성 씨앗에서 싹이 트고 잎이 나서 무럭무럭 자라나 인기절정! 기능성 열매가 백 개 천 개 주렁주렁······. 한참 즐거운 상상을 이어 가는데, 끼익 팅팅 서툰 기타 소리와 함께 익숙한 노랫소리가 들려왔다.

불쌍한 뒹굴 대왕 매일같이 구박하는
잔소리 마녀 메리, 메리, 메리이이이

노래는 금세 끝나고 또랑또랑한 여자 목소리가 들려왔다.

"헬쇼핑, 단독 조건! 단독 방송! 사상 최고 구성 황천크림 세트. 자동 주문 천 원 할인, 주문 전화 공구공 공공사구에 공공사구, 지금 전화 주세요!"

"꽃님아. 전화기, 전화기 어디 있어?"

나는 허둥지둥 전화기를 받아 들고 번호를 눌렀다. 상담원 연결 0번을 누르고 기다리는데 가슴이 터질 것만 같았다.

"인간 세상 물건을 황천에서 편하게 받아 보세요. 당신이 원하는 모든 것, 헬쇼핑입니다. 고객님 무엇을 도와······."

"지금 나오는 노래 우리 아빠 심병호 씨가 부르는 거거든요. 아빠 좀 바꿔 주세요, 제발요!"

"죄송합니다, 고객님. 이곳은 콜 센터라서 스튜디오와는 연결이 어렵습니다."

형식적인 대답과 함께 전화가 뚝 끊겼다. 나는 어쩔 줄 몰라 멍하니 있다가 전화기를 불끈 쥐었다. 여기서 물러나면 심메리가 아니었다. 서른세 통의 통화 끝에 마침내 원하는 것을 얻어내고야 말았다.

"메, 메리야!"

아빠 목소리를 듣자마자 나는 버럭 소리를 질렀다.

"딸을 혼자 두고 집을 나가다니, 그러고도 아빠야?"

꽃님이도 끼어들었다.

"우리가 갈 터이니 거기 꼼짝 말고 있으라 하시오."

수화기 너머로 헉하고 숨 들이켜는 소리가 들려왔다.

"아냐, 아냐! 안 와도 돼, 내가 갈게, 곧 갈게!"

7장

병호 씨, 돌아오다

피곤한 아침이었다. 택배 배달을 따라다니고, 병호 씨를 기다리느라 밤을 꼬박 새운 데다, 할머니 눈을 피해 학교에 가는 것도 보통 일이 아니었다. 황천에서 집까지 돌아오는 것은 '뒷문' 덕분에 괜찮았지만, 집을 나서는 게 문제였다. 그걸 들켰다가는 아빠 회사에서 잔다고 한 거짓말을 들킬 게 뻔했으니까.

그래도 나는 모처럼 가벼운 걸음으로 집을 나섰다. 준비물도 빼먹지 않았다. 병호 씨 목소리를 들은 것만으로도 마음이 한결 편했다. '곧'이라고 했으니까.

도서관에 가서 『뿌리기에서 거두기까지, 초등학생을 위한 식물 기르기』 책도 빌려 교실로 갔다. 책상 위에 가방을 내려놓는데 웬일로 한나윤이 말을 걸어왔다.

"심메리, 이승연이 너도 체험학습 모둠에 들어온다고 하던데, 진짜니?"

깔보는 말투에 기분이 곤두박질쳤다.

"왜, 안 돼?"

"누가 안 된대? 짜증은 왜 내?"

한나윤은 쌀쌀맞게 대꾸하며 '체험학습 계획표'라고 적힌 종이를 내놓았다.

"월요일까지 이거 써서 줘."

종이에는 체험학습 장소와 날짜, 아이들 이름과 엄마 전화번호가 적혀 있었다. 날짜별 자동차 담당을 적은 종이였다.

나는 심각하게 '운명의 장난'이란 말에 대해 생각해 보았다. 꽃님이가 일자리를 구한 날 집이 물에 잠기고, 병호 씨랑 통화가 되자마자 한나윤한테서 체험학습 계획표를 받았다. 좋은 일이 있을 만하면 불행이 닥쳐오니 '운명의 장난'이란 바로 이런 게 아닐까?

나는 수업이 끝나자마자 교실을 뛰어나갔다. 한나윤하고도 이승연하고도 마주치기 싫었다. 그런데 오늘따라 걔들도 빨리 나온 모양이었다. 교문 쪽으로 내려가는데 뒤에서 재잘거리는 소리가 들렸다.

힐긋 돌아보니 한나윤 패거리에 섞여 이승연이 걸어오고 있었다. 나는 고개를 돌렸다. 이대로 가다간 애들 눈에 띌 게 뻔했다. 어쩔 줄 몰라 하고 있는데 빵! 소리가 들렸다.

무심코 소리 난 쪽을 바라보니, 팩에 든 딸기처럼 새빨간 차가 반짝반짝 빛을 내며 교문 조금 아래쪽에 서 있었다. 누군가를 부르는 듯 차에서 다시 한번 빵! 소리가 났다. 누구를 기다리는 걸까? 두리번거리다 내려오는 승연이랑 눈이 마주쳤다. 나는 눈을 내리깔고 걸음을 재촉했다. 아무 곳으로나 피하고 싶었다.

그때 자동차 문이 열리더니 고함 소리가 들렸다.

"야, 심메리!"

병호 씨였다. 나는 우뚝 선 채 차에서 내려 이쪽으로 다가오는 아빠를 바라보았다.

"아빠 왔다!"

가출했다 돌아온 주제에 병호 씨는 너무나 멀쩡해 보였다. 아니, 근사해 보이기까지 했다. 기타를 등에 멘 채 까만 바지에 파란 웃옷을 입고 있는 모습이 번쩍이는 양복을 입고 있던 연예인 씨보다 훨씬 멋져 보였다. 병호 씨는 무슨 일이 있었냐는 듯 해맑게 웃어 보였다. 그 모습이 얄미워 한마디 쏘아붙이려는데, 등 뒤에서 또랑또랑한 목소리가 들려왔다.

"안녕하세요!"

아이들이었다.

"아, 메리 친구들이구나."

"네, 저는 한나윤이에요."

한나윤을 시작으로 패거리들은 앞다투어 제 이름을 말했다. 나는 어리둥절했다. 애들이 갑자기 왜 이러지?

"승연이는 누구야? 우리 메리 단짝."

병호 씨가 묻자 승연이가 기어들어 가는 목소리로 대답했다.

"저요."

병호 씨가 눈을 크게 뜨고는 활짝 웃었다.

"네가 승연이로구나. 우리 메리랑 친하게 지내 줘서 고마워. 다들 우리 메리 잘 부탁한다. 집에 잘 들어가고 다음에 보자."

병호 씨답지 않게 너무나 아빠다운 모습이었다. 닭살이 돋을 것 같아 팔을 벅벅 긁는데, 소곤거리는 소리가 들려왔다.

"메리 아빠 멋지다."

"배도 하나도 안 나왔어."

"엄청 젊어 보여."

그 순간 놀랍게도 얄미웠던 마음이 감쪽같이 사라졌다. 나는 아빠한테 다가가 보란 듯이 팔짱을 꼈다. 아이들 눈길이 끈질기게 따라왔다. 자동차까지 걸어가는 동안 어깨가 으쓱거리다 못해 발이 둥둥 떠오르는 것 같았다. 차가 더 먼 곳에 있었으면 좋았을 텐데.

자동차 문이 닫히고 차가 천천히 앞으로 나갔다. 나는 흥분을 참지 못하고 소리쳤다.

"아빠 운전 잘한다!"

"화물차 운전도 했는데, 이쯤이야 뭐."

아빠가 피식 웃으며 한 손으로 운전대를 돌렸다.

"화물차? 트럭 말이야? 언제?"

"너 아기 때. 삼 년이나 했지."

"우와!"

아빠 뒤통수에서 번쩍번쩍 빛이 나는 것 같았다. 나는 눈을 비비고 아빠를 다시 보았다. 아빠가 이렇게 멋져 보이긴 처음이었다.

"근데 아빠, 이 차 어디서 났어? 산 거야?"

"아니, 회사 차야. 우리 메리 태워 주려고 특별히 가지고 나왔지."

조금 실망스러웠지만 그래도 괜찮았다. 나는 라디오에서 흘러나오던 병호 씨 노래를 떠올리며 물었다.

"회사? 취직한 거야? 헬쇼핑에?"

"이 아빠 노래가 좋다고 스카우트된 거 아니냐!"

"뭐어? 진짜?"

"진짜지 그럼!"

병호 씨가 으스댔다.

"황천에 있는 회사인데, 괜찮을까?"

나는 아무래도 걱정스러웠다.

"괜찮아, 괜찮아. 거기 강 있잖아, 그 강 너머가 진짜 죽은 사람들이 사는 곳이고, 이쪽은 영물들도 살고 우리처럼 산 사람도 가끔 오락가락하는 곳이래."

"꽃님이는 어떡해? 보나 마나 엄청 싫어할 텐데."

병호 씨가 눈에 띄게 시무룩해졌다.

"할 수 없지. 노래 안 부르면 까마귀들 주소를 안 가르쳐 준다는데……."

"까마귀들 주소? 주소까지 알아낸 거야?"

"물론이지!"

그런 까닭이라면 꽃님이도 크게 화를 내지는 않을 것 같았다. 마음이 놓인 나는 학교 앞에서부터 벼르던 질문을 꺼냈다.

"아빠, 이 차 또 빌릴 수 있어?"

"어, 글쎄, 딱 한 번만 빌려 달라고 한 건데. 빈손으로 오면 너한테 엄청 혼날 거 같아서 말이야."

병호 씨가 눈을 찡긋하며 웃었지만, 나는 따라 웃을 수가 없었다. 병호 씨 회사 차도 안 되면, 체험학습은 어쩌지?

고민에 빠진 나에게 병호 씨가 불쑥 물었다.

"메리, 너 아빠 일하는 데 가 볼래?"

"헬쇼핑 말이야?"

"응. 방송하는 거 구경시켜 줄게."

내 기분을 바꿔 줄 생각이었다면 제대로 먹혀들었다. 나는 흥분을 감추며 새침한 표정으로 고개를 끄덕였다. 병호 씨가 활짝 웃으며 차에 달린 조그만 화면을 켰다. 텔레비전에서 보던 내비게이션이었다. 버튼을 눌러 '헬쇼핑'이라고 써넣으니 화면에서 목소리가 흘러나왔다.

"길 안내를 시작하겠습니다."

이윽고 빨간 화살표가 화면에 떠올랐다. 화살표는 앞으로 죽 가라는 듯 지도 위에서 깜빡이고 있었다. 나는 환호했다.

"멋져! 최고야!"

"그렇게 좋아?"

"응. 그렇게 좋아."

병호 씨가 커다란 손으로 내 머리를 마구 헝클었다.

"녀석."

병호 씨는 내비게이션이 시키는 대로 삼십 분쯤 가더니, 산 밑에 있는 웬 낡은 아파트 지하 주차장에 차를 세웠다.

"여기가 헬쇼핑이라고?"

"그래, 저기 간판 있잖아. 헬쇼핑."

초록색 비상구 불빛 아래 녹슨 회색 문이 보였다. 문에는 어울리지 않게 근사한 간판이 붙어 있었다.

HELL
헬쇼핑

"헬쇼핑은 황천에 있는 거 아냐?"

내가 미심쩍은 표정으로 묻자 병호 씨가 어깨를 으쓱했다.

"택배 창고도 황천에 있는데, 알고 보면 우리 집 보일러실 뒤잖아."

병호 씨가 녹슨 회색 문을 열었다. 병호 씨를 따라 안으로 들어가자 문이 하나 더 나왔다. 문에는 먼지가 뽀얗게 앉은 잠금장치 번호판이 달려 있었는데, 바람을 훅 불자 신기하게도 새것처럼 반짝반짝 윤이 났다.

"보안이 여간 철저한 게 아니더라고."

병호 씨가 스피커 모양을 누르고 말했다.

"노래 부르러 온 심병홉니다."

그러자 안에서 잠금장치가 풀리는 소리가 났다. 병호 씨가 문을 열고 나를 들여보냈다.

안으로 걸음을 내딛자 빛이 쏟아졌다. 눈이 부셔 몇 번이나 껌벅이다 겨우 떠 보니, 촬영 도구들이 코앞에서 오가고 시끄러운 소리가 사방에서 터져 나왔다.

"거기 요지경 좀 바로잡고, 잡고!"

"조명은 이쪽에 놓고, 놓고!"

나는 멈칫했다. 벌레들이 촬영장 안에 진을 치고 있었다. 택배 창고에서 본 공벌레, 돈벌레, 노래기가 한 마리도 아니고 네댓 마리씩 떼 지어 돌아다녔다. 게다가 벌레들 발밑에는 하얀 손들이 우글거렸다. 꾸물거리는 거대한 벌레들과 손목에서 뎅겅 잘린 효자손들이 뒤엉킨 광경에 나는 숨이 턱 막혔다. 무릎이 떨리고 손에서 땀이 났다. 아빠 쪽으로 주춤주춤 물러나는데 쇳소리처럼 카랑카랑한 목소리가 등을 때렸다.

"냄비는 양쪽으로 놓공!"

화들짝 놀라 돌아서자 키가 훌쩍 크고 깡마른 아줌마가 눈에 들어왔다.

"사장님!"

병호 씨가 꾸벅 인사를 하고는 나를 끌어당겼다.

"제 딸 메리입니다. 메리야, 인사드려. 우리 회사 사장님이셔."

"사장님 말고 공공 씨라고 부르공. 우린 다 같은 회사의 일꾼이공."

공공 씨는 몹시 기묘한 차림이었다. 햇빛도 없는데 챙이 넓은 모자를 푹 눌러쓰고 바닥까지 끌리는 새파란 원피스를 입고 있었다. 소매가 손이 보이지 않을 만큼 길었다. 얼굴은 물론이고 온몸의 살갗이 하나도 드러나지 않은 차림이었다.

"안녕, 메리."

"아, 안녕하세요."

"안타까운 일이지만 별로 안녕하지 못하공. 보시다시피 죄다 벌레뿐이라, 방송에 나올 사람이 없어 몹시 곤란하공."

공공 씨가 헬쇼핑 사장님이라니, 꼭 물어보고 싶은 게 있었다. 하지만 끼어들 틈을 좀처럼 찾을 수가 없었다.

"참, 병호 씨 노래가 얼마나 인기 있는 줄 모르지? 우리 회사에서 없어서는 안 될 인재라공. 아빠가 이렇게 근사하니 얼마나 자랑스러울까! 그럼 구경하다 가라공."

공공 씨는 자기 할 말만 쏟아 내고는 허리가 기이하게 꺾인 모양새로 휘청휘청 돌아섰다. 나는 마음이 급한 나머지 공공 씨 등

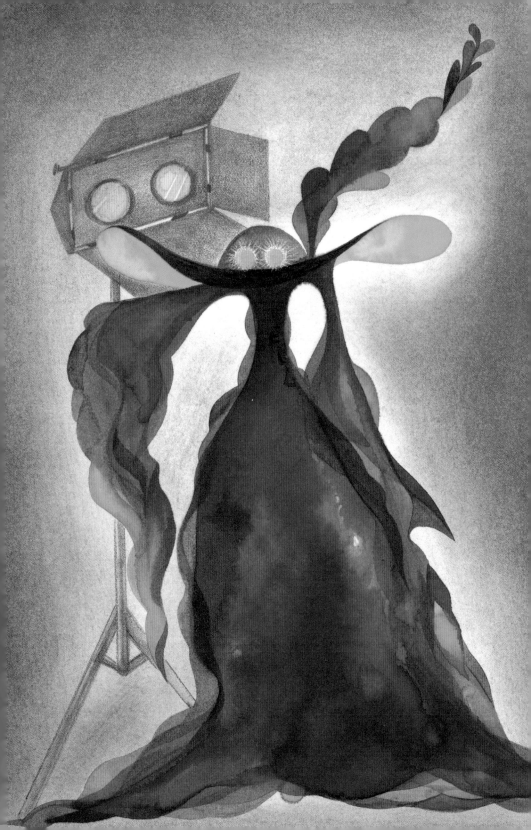

에다 대고 다짜고짜 소리를 쳤다.

"저, 저기, 회사 자동차요! 딱 하루만 더 빌려주시면 안 될까요?"

공공 씨가 걸음을 멈추고는 상체만 빙그르르 돌려 이쪽을 바라보았다.

"차가 필요하면 사지 않공?"

"그게, 돈이 없어서요."

불편하지도 않은지 공공 씨는 그 모습 그대로 고개를 모로 기울였다.

"할부도 있는데?"

나는 시무룩하게 말했다.

"그래도 안 돼요. 돈이 너무 없거든요."

"그것참 안됐네."

공공 씨가 정말이지 불쌍하다는 듯 말했다. 그러고는 천천히 하체를 돌려 나와 마주 섰다.

"메리는 우리 방송 본 적 있공?"

"본 적은 없어요. 채널을 아무리 뒤져도 안 나오더라고요."

"우리 방송은 인간 세상에선 잘 안 잡히공. 전파를 살짝 빌려 깜짝 방송을 하니, 운이 좋아야 볼 수 있공."

"그래도 들은 적은 있어요!"

"그럼 알겠네. 우리 방송은 말이지, 출연자가 하는 거라고는 웃거나, 먹거나, 놀거나, 뭐 그런 것뿐이라공. 너같이 씩씩한 애가 나오면 참 좋을 텐데. 어때, 방송에 나와 보지 않을래? 우리 방송은 헬TV랑 헬라디오에도 나온다공."

홈쇼핑에 내가? 텔레비전이랑 라디오에 나온다고?

공공 씨가 새된 목소리로 말을 이었다.

"이번 방송에 초등학생 출연자가 필요한데, 구하기가 얼마나 힘든지 말도 못 해. 웬만큼 씩씩한 아이들을 데려와도 벌레들을 보고 기절하공, 효자손을 보고 오줌 싸공. 그래서 말인데 메리, 우리 방송에 세 번만 나오면 반품 들어온 물건 가운데 하나를 구십 퍼센트 할인된 가격으로 줄게."

"자동차도 있어요?"

"그럼, 있고말공."

나는 병호 씨를 보았다. 병호 씨도 나를 보았다. 비싼 물건은 구십 퍼센트 할인을 해도 비싸다는 걸 우리는 호호 씨 양복점에서 진작 깨달았다. 하지만 공공 씨 제안은 그것으로 끝이 아니었다.

"백 년 무이자 할부도 된다공."

"배, 백 년!"

"백 년이요?"

놀람 반 의심 반 되묻자 공공 씨가 쐐기를 박았다.

"백 년 할부라면 천만 원짜리를 사도 매달 내는 돈은 팔천 원쯤? 홈쇼핑을 보면 알겠지만 백 년까지 할부해 주는 곳은 아무 데도 없다공. 우리뿐이라공. 반품 들어온 물건이라고 해서 어디가 고장 난 게 아니라, 마음이 변해서 안 쓴다고 돌려보낸 거라공."

병호 씨가 침을 삼키는 소리가 여기까지 들려왔다.

"근데 백 년이면 제가 다 못 갚을 텐데요. 벌써 서른아홉 살인데……."

"무슨 걱정이공. 죽으면 황천으로 올 텐데, 그때 갚으면 되지."

"예에?"

병호 씨가 움찔하자 공공 씨가 크게 웃었다.

"뭘 그리 놀라, 농담이라공, 농담."

나는 안절부절못했다. 안 사자니 손해란 생각이 들었고, 사자니 호호 씨 양복점이 자꾸 떠올랐다. 호호 씨한테 머리카락을 팔 때도 그렇게 쉬운 일은 없을 것 같았다. 하지만 호호 씨는 우리 머리카락으로 인두겁을 만들었고, 까마귀들은 그 인두겁을 쓰고 갖은 사고를 쳤다. 백화점을 난장판으로 만들고 신용카드를 만들어 마구 써 댔다. 그 바람에 아빠는 유치장에 갇히고, 가출까지 했다.

우리가 머뭇거리자 공공 씨가 이리 오라는 듯 손짓한 뒤 휘청거리며 걸음을 옮겼다. 병호 씨와 나는 서로 눈치를 보다 누가 먼저랄 것 없이 공공 씨 뒤를 따라갔다.

공공 씨는 복도 맨 끝까지 걸어가 벽에 붙은 번호판을 눌렀다. 보안이 철저하다더니 가는 곳마다 잠금장치였다. 삑 소리와 함께 눈앞에 가로막힌 문이 스르륵 옆으로 밀려났다.

"들어오렴, 메리. 자동차가 필요하다공?"

방 안에 들어선 나는 입을 딱 벌렸다. 고개를 잔뜩 젖히고 올려다보아야 할 만큼 택배 상자들이 까마득한 높이로 쌓여 있었다.

"여긴 반품 들어온 물건을 보관하는 창고라공. 저기 귀퉁이가 찢어진 상자 보이지? 오늘 네 아빠가 타고 간 타요타자동차랑 똑같은 게 들어 있다공. 실은 지금이 자동차를 사기에 딱 좋은 때야. 근사한 사은품까지 딸려 있다공."

병호 씨가 냉큼 물었다.

"그게 뭔데요?"

"텔레비전. 킹리치전자 50인치 벽걸이 텔레비전인데 올봄에 나온 신상품이라공. 울트라 다이아몬드 신기술을 적용한……."

점점 숨이 가빠 왔다. 더 들을 것도 없었다.

"할게요! 해요!"

나는 공공 씨 말에 홀랑 넘어가 계약서에 손도장을 찍고 말았다.

까마귀들을 찾다

우리는 택배 달구지를 얻어 타고 창고로 갔다. 택배 기사는 말수 없는 두꺼비였다.

"처음 헬쇼핑에 갈 때도 헬택배 달구지를 타고 갔어. 등잔 밑이 어둡다더니, 헬쇼핑이 헬택배랑 같은 회사였지 뭐야."

병호 씨는 오는 길 내내 황천에서 겪은 모험담을 신나게 늘어놓았다. 그러다 택배 창고가 보이자 언제 그랬냐는 듯 기가 죽었다.

"꽃님이가 화 많이 내겠지? 또 가장을 그만둔다 그러면 어떡하지?"

아니나 다를까, 돌아온 병호 씨를 반기는 건 티라노뿐, 꽃님이는 아예 남인 듯 굴었다.

"실례지만 누구신지, 이곳에는 무슨 일로 오신 것이오이까?"

병호 씨가 빌기 시작했다.

"내가 잘못했어. 나도 알아. 그래도 내 말 좀 들어 봐, 응?"

"초면에 무슨 말씀인지?"

"제발 이야기라도 들어 줘."

꽃님이가 한숨을 쉬었다.

"좋소이다. 그럼 이야기만 들어 보겠소이다."

"그게, 벌레들이 헬쇼핑을 소개해 줬어. 노래 잘 부르는 사람이 가면 좋아할 거라고. 그래서 잘됐구나 싶어 알려 준 대로 달구지를 얻어 타고 헬쇼핑으로 갔지."

병호 씨가 열심히 설명을 하는데 갑자기 꽃님이가 눈을 부라렸다.

"댁이 어떻게 헬쇼핑을 아는 것이오이까? 벌레들은 또 어찌 알고……. 메리, 대체 낯모르는 사람한테 무슨 말을 한 것이오이까?"

나는 그제야 꽃님이가 일부러 그러는 게 아니라는 걸 알았다. 꽃님이는 정말로 병호 씨를 알아보지 못하고 있었다. 가슴이 서늘하게 식었다.

"모르는 사람이라니, 아빠잖아!"

꽃님이 눈동자가 댕그라니 부풀었다. 꽃님이는 눈도 깜빡하지 않고 병호 씨를 뚫어져라 보다 앞발을 핥기 시작했다. 얼굴을 닦고 꼬리털까지 꼼꼼하게 정리한 뒤에야 다시 병호 씨를 마주 보았다. 꽃님이 꼬리가 탁탁 바닥을 쳤다.

"다 큰 어른이 가출이나 하고 잘하는 일이외다."

"이제 기억나?"

나는 얼굴을 들이대고 꽃님이를 살폈다. 병호 씨가 걱정스레 물었다.

"혹시……, 이럴까 봐 메리랑 나한테 매일 인사하라고 한 거야? 잊어버릴까 봐?"

"뭐? 진짜? 아빠 말이 진짜야?"

꽃님이가 내 얼굴을 저만치 밀어내고는 귀를 털었다.

"나이 들면 깜빡깜빡할 수도 있는 게지 그게 뭐 별일이라고. 그나저나 병호 씨는 어찌 된 일이오이까? 헬쇼핑에 까마귀들 뒤를 캐러 간 줄 알았더니 노래를 부르고 있질 않나, 데리러 가겠다는데 오지 말라고 하질 않나!"

갑자기 날아든 화살에 병호 씨가 움찔했다.

"노래를 불러야지 까마귀들 주소를 알려 준다고 했대."

내가 대신 변명을 하자, 병호 씨가 이어 말했다.

"오지 말라고 한 건 새벽 방송에서 노래를 해야 하는데, 그만두라고 할까 봐……."

꽃님이가 어처구니없다는 듯 입술을 비틀었다.

"허! 그래서, 주소는 알아냈소이까?"

"가막골 52번지래."

"그건 희소식이외다. 쇠뿔도 단김에 빼랬다고, 당장 가 보십시다."

"잠깐 준비 좀 하고."

병호 씨가 짐을 뒤적이더니 나한테는 빗자루를 쥐어 주고 자기는 프라이팬을 챙겨 들었다.

꽃님이가 단단히 일렀다.

"이번엔 반드시 인두겁을 찾아와야 할 것이외다."

"그럼, 그렇고말고!"

"당연하지!"

우리는 달구지에 올라탔다.

샛길이 나올 때마다 눈을 부릅뜨고 팻말을 살폈다. 오소리길, 깊고 험한 강길, 나루터길, 얕고 잔잔한 강길, 점박이길을 지나 드디어 가막길이 나왔다. 가막길로 내려선 소는 얼마 지나지 않아 아담한 시골집 앞에 우리를 데려다 놓았다.

"여기외다."

"하나, 둘, 셋 하면 마당으로 뛰어드는 거야."

병호 씨가 입을 꾹 다물고 프라이팬을 고쳐 잡았다. 나도 빗자루를 잡은 손에 힘을 주었다.

"알았어. 하나, 두울……."

셋 하고 뛰어들려는데 방문이 벌컥 열렸다.

"그냥 들어와도 되는데."

남자아이 목소리였다. 후드 티를 입은 까마귀 한 마리가 휴대전화에 부리를 박은 채 방 안에서 걸어 나오고 있었다. 까마귀치고는 아주 큰 까마귀였다. 우리 티라노보다 훨씬 컸다. 하지만 중요한 건 그게 아니었다.

"까마귀 부리면 딸이 나와야 하는 거 아냐? 여기 맞아?"

병호 씨가 소곤거렸다.

"분명히 여기외다."

꽃님이가 훌쩍 뛰어 마루 위에 올라앉자 병호 씨랑 나도 엉거주춤 곁에 앉았다.

"물 마실래?"

까마귀는 휴대전화를 주머니에 넣고는, 부엌에서 물을 내왔다. 느닷없는 대접에 우두커니 있자니 까마귀가 샐쭉해서 말했다.

"싫음 말고. 어차피 먹을 거라곤 이거밖에 없거든."

병호 씨가 눈을 부라렸다.

"다 필요 없으니 인두겁이나 내놔! 내 거랑, 우리 메리 거랑!"

나랑 꽃님이도 으르렁거렸다.

"우리 아빠 카드값도 다 내놔!"

"지금 당장 내놓지 않으면 가만있지 않을 것이외다!"

까마귀가 날갯죽지를 퍼덕이며 소리쳤다.

"고양이 어르신, 너무하잖아. 그렇게 인간 편만 들면 어떡해. 제 값 다 주고 산 물건인데 다짜고짜 내놓으라니."

"돈 주고 살 게 따로 있지! 당장 내놔! 그것 때문에 우리가 얼마나 고생한 줄 알아?"

병호 씨가 으름장을 놓자 까마귀가 발끝으로 바닥을 툭툭 건드렸다.

"그래 봤자 난 어딨는 줄 몰라. 엄마가 숨겨 놨으니까."

"엄마? 아빠가 아니고?"

"그때 네 인두겁 쓴 거, 우리 엄마야."

병호 씨가 얼굴을 찌푸렸다.

"그럼 내 인두겁을 쓴 건 너냐?"

"응."

"부녀가 아니라 모자였나 보오이다."

병호 씨가 끙 소리를 내며 턱을 쓰다듬었다.

"그래, 어머니는 언제 돌아오시냐?"

"몰라. 돈 많이 벌어 온다고 나갔어. 신용카드를 못 쓰게 정지시키는 바람에 그렇게 된 거잖아!"

까마귀가 원망스러운 듯 노려보자, 병호 씨가 씩씩댔다.

"지금 누가 누구 탓을 하는 거야!"

"그래서, 인두겁도 어디 있는지 모른다, 어머니도 언제 들어올지 모른다, 그 말이오이까?"

꽃님이가 캐묻자, 까마귀가 삐딱하게 말했다.

"정 못 믿겠으면 엄마 올 때까지 여기서 기다려. 그럼 되잖아."

병호 씨가 손뼉을 쳤다.

"그거 좋은 생각이네! 메리, 일어나. 짐 챙겨 오자."

꽃님이가 못마땅한 듯 병호 씨를 바라보았다.

"이쪽은 황천이오만?"

"텍배 창고도 어치피 황천인데 뭘. 조심하면 되지. 아니면 다른 방법이라도 있어?"

꽃님이는 아무 말 하지 못했다. 그러지 않고서는 까마귀를 감시할 방법이 없었다.

그길로 짐을 옮겨 온 우리는 까마귀 집을 둘러보며 감탄을 거듭했다. 집은 작았지만 방이 세 개나 되는 데다 화장실도 있고 수도도 있고 티라노 닭장을 가져다 놓을 마당도 있어, 창고 옆방보다 백배는 나았다.

"와, 냉장고다!"

"아빠, 세탁기까지 있어. 저기, 아들 까마귀, 이거 써도 돼?"

"돼."

"고마워!"

"뭘. 어차피 너네 아빠 카드로 산 건데."

나는 까마귀 녀석을 흘겨보았다. 잠깐이나마 고맙다고 생각한 게 아까웠다. 따지고 보면 우리 거나 다름없는 세탁기로 나는 밀린 빨래를 했다. 병호 씨는 짐 정리를 하고 꽃님이는 일하러 갔다.

빨래를 널고 돌아오니 병호 씨는 쓰러져 잠이 들어 있었다. 나도 씻고 병호 씨 곁에 누웠다. 한참 누워 있어도 잠이 오지 않았다. 엎드려 봤다 바로 누워 봤다 눈을 감고 병아리를 세어 봤다 온갖 짓을 다 하다 결국 마루로 나왔다.

나는 마루 끝에 걸터앉아 별도 달도 없는 황천 밤하늘을 바라보았다. 하루 동안 너무나 많은 일이 있었다. 체험학습 모둠에 들어갔지, 병호 씨랑 만났지, 아빠가 운전하는 자동차도 타 봤지, 헬쇼핑에 출연하기로 했지, 꿈에 그리던 빨간 자동차까지 생겼지! 자동차가 떠오르자 실실 웃음이 나왔다.

"뭐가 그렇게 좋아?"

불쑥 튀어나온 목소리에 놀라 돌아보니 아들 까마귀가 옆방 마루에 앉아 있었다.

"깜짝이야, 언제 나온 거야!"

대뜸 소리치자 아들 까마귀가 꼬리 깃털을 들썩였다.

"너보다 먼저 나와 있었거든."

"어, 그래? 까매서 못 봤나……."

머쓱해서 말꼬리를 흐리고 나니 어색한 공기가 흘렀다.

'에이, 들어가야겠다.'

엉덩이를 막 들려는데 아들 까마귀가 입을 열었다.

"난 연오야. 넌 메리지?"

"몰라."

이름을 알려 주는 것쯤이야 아무것도 아니었다. 하지만 이름을 부르면 친한 사이처럼 보일 것 같았고, 나는 녀석이랑 친한 사이처럼 보이고 싶은 마음이 눈곱만치도 없었다.

연오는 가만 앉아 발을 흔들다 심심한지 다시 말을 걸어왔다.

"지붕에 올라갈래? 세길내가 잘 보여."

날갯짓 소리와 함께 대꾸할 틈도 없이 뒷덜미가 꽉 잡혔다. 조그만 까마귀가, 까마귀치고는 크지만, 이렇게 힘이 셀 줄은 몰랐다. 날갯짓 몇 번에 순식간에 몸이 붕 떠올랐다. 놀라 발버둥 치자 연오가 으름장을 놓았다.

"가만 안 있으면 떨어트린다."

나는 손가락 하나, 눈썹 한 올도 까딱하지 않았다. 연오는 얼음처럼 굳은 나를 지붕 위에 내려놓았다. 단단한 바닥이 눈물이 나도록 반가웠다.

"야! 너, 말도 없이……."

나는 고함을 지르다 말고 눈앞에 펼쳐진 풍경에 입을 다물었다. 가만히 일렁이는 너른 강과 강 너머 자리 잡은 작은 산 뒤에 큰 산, 비껴 보이는 더 큰 산, 그 사이사이에 깔린 안개……. 나는 지붕 위에 서서 강 이쪽 끝에서 저쪽 끝까지 천천히 살펴보았다.

"다리도 있네."

"죽은 것들이 건너는 다리야."

나는 마른침을 꼴깍 삼켰다.

"있잖아……, 여기 귀신도 있어?"

"있지."

연오가 대수롭지 않게 대꾸했다. 나도 모르게 슬그머니 연오 쪽으로 몸을 붙이는데, 새카맣고 반질반질한 부리가 이쪽을 돌아보았다. 나는 놀라 엉덩이를 뒤로 뺐다.

"겁보잖아?"

연오가 키득거렸다.

"겁보라니 누구더러 겁보라는 거야! 여기가 황천이란 걸 알고도 이 정도면 엄청 용감한 거지."

나는 등줄기를 세우고 가슴을 폈다. 하지만 불안한 마음은 어쩔 수 없었다.

"근데 귀신……, 이 근처에도 있어?"

"아니, 별로 없어. 귀신들은 저승사자를 따라와 곧장 세길내를 건너가니까. 있으면 심심하지도 않고 좋을 텐데."

"그러니까 지금 여긴 없다는 거지?"

"있음 어때? 귀신이 뭐라고. 사람이 죽으면 귀신이고, 귀신이 되기 전엔 사람인데."

태평한 말투에 마음이 조금 놓였다.

"그럼, 너희 영물들은 뭐야?"

"사람도 아니고 귀신도 아냐."

"쭉 궁금했는데 영물들은 왜 그렇게 사람 물건을 좋아해?"

"우리 까마귀들은 원래 반짝이는 걸 무지무지 좋아해. 인간 세상

엔 반짝이는 물건이 엄청 많더라고. 그래서 막 사게 된단 말이야."

연오는 주머니를 뒤적여 휴대전화를 꺼내 뒷면을 보여 주었다. 반짝이는 보석이 곰돌이 모양으로 빼곡하게 박혀 있었다.

"냉장고랑 세탁기는 그럼 왜 샀어?"

"그게 얼마나 반짝거리는데."

"근데 넌 그냥 까마귀가 아니라 영물이잖아?"

"그냥 까마귀일 때 기억이 그대로 남아 있어서 그래."

나는 다리를 모아 안았다. 그러고는 잠시 머뭇거리다 물었다.

"기억을 모두 잃으면 어떻게 돼?"

"어떻게 되긴?"

"설마 죽는 건 아니겠지?"

"죽긴 왜 죽어. 신선이 되는데."

나는 호호 씨가 들려준 말을 기억에서 끄집어냈다.

"족자 속을 드나드는 신선?"

"응. 그 신선. 기억을 잃은 영물은 신선이 돼. 하긴, 인간들 눈엔 죽는 거나 다름없을지 모르겠다. 신선이 되면 살아생전 몸도 마음도 다 버리게 되니까. 그래도 그게 끝은 아니야. 기억을 잃는다고 넋이 사라지는 게 아니니까. 우릴 봐, 죽은 자리에서 다시 태어났잖아. 모르긴 몰라도 신선이 될 때도 그러지 않을까? 우리 엄만 맨날 빨리 기억을 잃고 신선이 되고 싶다던데."

그런데 왜? 꽃님이는 왜 기억을 잃지 않으려고 하는 걸까? 멍하니 강을 바라보자니 눈이 뻑뻑했다. 눈을 비비며 하품을 하자 연오가 나를 데리고 아래로 내려갔다.

"잘 자."

"너도 잘 자."

월요일 아침 학교에 간 나는 한나윤한테 당당하게 체험학습 계획표를 내밀었다. 한나윤이 잠시 쭈뼛거리다 물었다.

"오늘도 아빠가 데리러 오니?"

"오늘은 안 와."

이야기를 나눈 건 그게 다였지만 제법 상냥한 분위기라 몹시 어색했다.

수업이 끝나자 나는 누구보다 빨리 교실에서 튀어 나갔다. 여느 때처럼 몰래 집으로 들어가 보일러실을 거쳐 택배 창고로 갔다. 기다리고 있던 꽃님이가 나를 연오네 집으로 데려다주었다.

마당에 풀어 놓은 티라노가 내가 왔다고 꼬꼬댁거렸다. 나는 티라노에게 밥을 준 다음 연오네 집 앞 빈터에다 인기절정! 기능성 씨앗을 심었다. 열매를 따서 빨간 자동차 트렁크에 가득 싣고 헬쇼핑 방송에서 품절이 되도록 팔아 치우는 상상을 하며 열심히 흙을 다독이고 물을 주었다.

세상에서 가장 멋진 돈벌이

드디어 기다리고 기다리던 촬영 날이 되었다. 나는 병호 씨랑 같이 헬쇼핑으로 갔다. 공공 씨가 촬영장 문밖까지 나와 반갑게 우리를 맞았다.

"안녕, 병호 씨. 안녕, 메리. 기다리느라 목 빠지는 줄 알았공."

공공 씨는 여전히 온몸을 꽁꽁 싸맨 차림이었는데, 오늘은 보라색 원피스에 초록 모자를 쓰고 있었다. 보안 문을 열고 들어가며 공공 씨가 소리쳤다.

"출연자가 왔는데 어서 준비하지 않공!"

효자손들이 손끝으로 다다다 내 쪽으로 달려왔다.

'저건 진짜 손이 아니야. 거미줄 장갑에 곰팡이를 넣은 거라고.

공벌레나 노래기가 아닌 것만 해도 어디야.'

아무리 마음을 다잡아도 손목 아래만 움직이는 효자손은 도무지 익숙해지지 않았다. 내가 몸서리를 치자 공공 씨가 나를 달랬다.

"별거 아냐. 화장을 해 주려는 거지. 알지? 연예인들 방송 나올 때 화장하는 거. 눈 감고 가만있으면 된다공."

나는 눈을 질끈 감았다. 끈적끈적하고 부들부들하고 미끌미끌한 것들이 얼굴 위에 처덕처덕 발렸다.

준비가 끝나자 공공 씨가 나를 불렀다.

"이리 오려무나, 메리."

나는 무대로 올라가며 물었다.

"오늘 뭐 찍어요? 난 먹을 게 좋은데."

마침 노래기가 물건이 든 상자를 촬영장 한쪽에 놓인 탁자에 올려놓았다.

"먹을 거? 운 좋네. 오늘 상품은 먹을 거라공!"

공공 씨 말에 나는 속으로 입맛을 다셨다. 한우불고기 세트라면 얼마나 좋을까? 엄마손갈비맛햄도 좋고. 하지만 효자손들이 상자를 열고 물건을 꺼낸 순간 부풀어 오른 꿈은 비눗방울처럼 픽 터지고 말았다.

"한약이요?"

공공 씨가 새된 소리로 웃었다.

"총명탕이라고 해. 머리가 좋아지는 약이라공."

하필이면 쓰디쓴 한약이라니! 남의 속도 모르고 병호 씨는 신이 났다.

"우와! 그거 우리 메리한테 꼭 필요한 건데, 잘됐네요!"

그러고는 그 자리에서 짜증 나는 노래 하나를 뚝딱 지어냈다.

메리, 메리, 똑똑한 메리
메리, 메리, 야무진 메리
그런데 어쩐지 점수가 엉망인 메리
국어는 65점, 사회는 60점, 과학은 55점,
놀라지 마시라, 수학은 35점이라니

메리한테 필요한 건 뭐?
총명탕, 머리가 좋아지는 약이라지
메리한테 필요한 건 뭐?
총명탕, 공부를 잘하는 약이라지

공공 씨가 박수를 치며 호들갑을 떨었다.

"정말 병호 씨는 천재네. 어쩜 이렇게 딱 맞는 노랠 순식간에 만들어 내공."

"천재라니요, 이 정돈 보통이죠."

병호 씨는 겸손한 척 대답했지만 치솟은 콧대는 하늘을 뚫을 참이었다.

"하나만 고치면 좋을 것 같은데. 총명탕 앞에 황천이란 말을 붙여서, 황천총명탕으로."

"황천총명탕이면, 황천에서 만든 건가요?"

병호 씨 물음에 공공 씨가 화들짝 놀라며 고개를 마구 저었다.

"아니야, 아니야. 그럴 리가 없지. 인간 세상 물건을 황천에 가져오는 건 몰라도 황천 물건을 인간 세상으로 내보냈다가는 큰일 난다공! 이건 그냥 상표 같은 거지, 상표. 엄마손갈비맛햄이 엄마 손으로 만든 건 아니잖아? 바로 그런 거라공."

병호 씨가 조금 실망한 듯 중얼거렸다.

"그럼 보통 총명탕하고 효과가 비슷하겠네요."

"아니, 아니, 완전히 다르공. 병호 씨도 알잖아. 황천크림 대박 난 거. 우리 헬쇼핑에선 아무 물건이나 팔지 않는다공. 한번 먹으면 눈에 불을 켜고 찾을걸."

"그렇게 효과가 좋습니까?"

"그럼. 메리도 머리가 엄청 좋아질걸! 오늘 촬영하면서 열 팩은 먹을 테니까."

"정말요? 이거 고마워서 어쩌죠?"

고맙다니! 내 마음은 병호 씨랑 정반대였다. 열 팩? 쓴 한약을 열 팩이나 먹어야 하다니. 달아나고 싶었지만 자동차를 생각하면 그건 안 될 말이었다.

"자, 모두 제자리로 가공!"

공공 씨 말이 떨어지자 병호 씨가 기타를 꺼내 들고 촬영장한 귀퉁이에 세워져 있는 마이크 앞에 섰다. 효자손이랑 벌레들도 바삐 움직였다. 조명을 들고 가는 효자손, 장대 마이크를 치켜드는 공벌레, 뭔지 알 수 없는 빨간 상자를 세우는 노래기, 제각각 자리를 잡자 조명이 켜지고 빨간 상자 한 귀퉁이에 불이 들어왔다.

촬영이 처음이라 모든 게 신기했다. 내가 주위를 두리번거리자 상자 뒤에 선 노래기가 소리쳤다.

"요지경 보고, 요지경 보고!"

병호 씨가 상자를 가리켰다.

"저 상자가 요지경이야. 카메라 같은 건가 보더라고."

나는 상자를 유심히 바라보았다. 카메라랑은 딴판인 게 요상해 보였다. 상자는 사람 얼굴보다 조금 크고 가로가 길었는데, 망원경처럼 앞쪽에 구멍이 두 개 났다. 구멍에는 거울처럼 반짝이는 유리가 끼워져 있었다.

"시청자 여러분 안녕하세요. 00490, '공공' 씨한테 '사구용', 헬 쇼핑 호스트 공공 인사드립니다. 오늘 여러분께 소개해 드릴 제품은 황천총명탕이라는 제품인데요."

공공 씨가 활기차게 인사를 하고는 나를 보았다.

"어떤 제품이죠, 메리?"

나는 손에 쥔 황천총명탕 봉지를 들어 보였다. 어찌나 긴장했던지 몸이 로봇처럼 뻣뻣하게 움직였다. 내 첫 방송은 그렇게 시작되었다. 하지만 어떻게 끝났는지는 알 수가 없었다. 기억나는 거라고는 방송 내내 끝도 없이 황천총명탕을 들이켰다는 것뿐이었다.

"나 천재 되는 거 아냐?"

"그럼 좋지. 최고지, 최고."

병호 씨가 흥분해서 말했다. 흥분하기는 나도 마찬가지였다. 촬영이 끝나자 공공 씨가 빨간 자동차 열쇠를 건네준 것이다.

"차는 주차장에 대어 놓았공."

공공 씨는 올 때처럼 촬영장 바깥까지 나와 우리를 배웅했다. 수고했다며 인사말을 주고받는데 좀이 쑤셔 견딜 수가 없었다. 공공 씨가 비밀번호를 누르고, 또 누르고 촬영장 안으로 들어갈 때까지 겨우 기다렸다. 우리는 문이 닫히자마자 주차장으로 뛰어 내려갔다. 주차장에는 차가 가득했지만 나는 한눈에 우리 차를 알아보았다.

"저거다!"

한달음에 차로 달려갔다. 병호 씨가 공공 씨한테 받은 열쇠로 짐칸을 열었다. 짐칸에는 약속한 사은품이 들어 있었다. 포장도 뜯지 않은 텔레비전을 본 순간 병호 씨랑 나는 서로 와락 껴안았다.

병호 씨가 내비게이션을 켜고 '세길내 가막길'이라고 주소를 누르자 화면에서 목소리가 흘러나왔다.

"길 안내를 시작하겠습니다."

우리는 세상을 다 가진 기분으로 자동차를 타고 집으로 돌아왔다.

티라노에게 모이를 주고 있던 연오가 자동차를 보고는 부리를 딱 벌렸다. 병호 씨가 자동차 짐칸에서 텔레비전을 꺼내자, 연오는 날개를 퍼덕이며 빙글빙글 주위를 돌았다.

"우와! 벽걸이 텔레비전, 이거 진짜 갖고 싶었는데!"

병호 씨가 짐짓 별거 아니란 듯 말했다.

"울트라 다이아몬드 기술이 적용됐대나 뭐래나."

"안경도 있어? 입체 안경?"

"네 개 들었다던데?

우리는 병호 씨 뒤를 졸졸 따라다녔다. 상자를 풀고 텔레비전을 꺼낼 때도 우와! 비닐을 벗길 때도 우와! 벽 앞에 세울 때도 우와! 감탄을 터트리다 전원을 꽂고 화면이 나오자 숫제 자지러졌다.

"멋지다!"

"근사해!"

연오가 리모컨을 들고는 채널을 돌렸다. 나는 조바심이 나 연오를 졸라 댔다.

"00490번 틀어 봐."

"거기서 뭐 하는데?"

"그냥 틀어 봐 봐."

00490번은 헬쇼핑 채널이었고 나는 방송에 출연한 걸 연오한테 자랑하고 싶었다. 그리고 연오는 내 예상대로 텔레비전에 나온 나를 보고 깜짝 놀랐다.

"저거 어떻게 찍은 거야?"

"어떻게 찍었는지 기억도 나지 않아. 엄청 긴장했거든. 그래도 처음치곤 잘했지?"

"뭘로 찍었기에 영물이랑 사람이 같이 나와?"

"같이 찍었으니까 같이 나오지, 뭘로 찍다니?"

"인두겁을 쓴다면 모를까, 영물은 인간 세상 카메라에는 안 나와."

"별걸 다 아네."

병호 씨가 감탄하자 연오가 으쓱했다.

"방송국 PD가 꿈이니까."

까마귀가 PD라니, 웃긴데 어쩐지 어울렸다. 나는 픽 웃으며 촬영장을 떠올렸다.

"카메라가 아니라 이상한 걸로 찍던데? 요지경이랬나?"

연오가 눈을 깜빡거리더니 온몸의 깃털을 푸르르 떨었다.

"우와, 너 진짜 용감하구나!"

"그렇지, 우리 메리가 배짱이 좀 좋긴 하지."

"근데 그래도 괜찮아? 요지경인데."

"요지경이 뭐?"

내 입에서 질문이 튀어나온 바로 그때, 방문이 활짝 열렸다.

"요지경이라니 무슨 소리오이까?"

꽃님이 입술이 씰룩이는가 싶더니 수염이 하늘로 치솟았다.

"대체 이게 다 무엇이오이까!"

하필이면, 하필이면 지금 돌아오다니! 대답 대신 텔레비전에서 병호 씨 노랫소리가 흘러나왔다.

그런데 어쩐지 점수가 엉망인 메리

국어는 65점, 사회는 60점, 과학은 55점,

놀라지 마시라, 수학은 35점이라니

10장
요지경이 뭔가요?

병호 씨랑 나는 무릎을 꿇고 앉았다. 텔레비전에는 억지웃음을 짓고 황천총명탕을 벌컥벌컥 들이켜는 내 얼굴이 화면 가득 나오고 있었다.

"정신이 있는 것이오이까, 없는 것이오이까! 인간이 아닌 것들과 얽히지 말라고 꽃님이가 입이 닳도록 일렀거늘!"

운명의 장난이라고 기억하는지 모르겠다. 아무리 생각해도 운명은 내 편이 아닌 것 같았다. 새 자동차와 텔레비전이 생기자마자 꽃님이한테 들키고 말다니!

"요지경이라니, 어찌 된 일이오이까?"

사실대로 말했다가는 벼락이 떨어질 것 같았다. 입도 떼지 못

하고 바닥만 보고 있자니 꽃님이가 다시 다그쳤다.

"요지경이 어떤 물건인지 알고는 있는 것이오이까?"

병호 씨가 기어들어 가는 목소리로 말했다.

"카메라 같은 거라던데……."

"요지경은 본래 오래 묵은 것들이 심심풀이로 만든 물건이외다. 인간 세상 사진기를 본떴으되 빛이 아니라 넋을 빨아들이는지라, 인간 세상 것도 황천 것도 다 찍을 수 있소이다. 허나, 찍으면 찍을수록 넋이 빨려 나중에는 아예 요지경 속에 갇히게 되오이다."

나는 뒤통수를 호되게 한 방 맞은 것 같았다.

"못된 것들은 살아 있는 넋을 그 속에 가두어 노리개처럼 가지고 논다 하더이다. 자칫하면 인간 세상에 발도 못 붙이게 되는 무시무시한 물건이란 말이외다."

연오가 옆에서 중얼거렸다.

"그래서 내가 용감하다고 한 건데."

병호 씨가 해쓱한 표정으로 나를 보았다.

"우리 메리가 요, 요지경에 찍혔는데……."

꽃님이가 앞발로 이마를 짚었다.

"맙소사!"

"이제 어떻게 되는 거야? 내 넋도 요지경 속에 갇히는 거야?"

나는 더럭 겁이 나 이리저리 몸을 살폈다.

"이상한 데는 없는 것 같은데……."

꽃님이가 초조한 듯 내 주위를 맴돌았다.

"처음에는 그림자부터 옅어지다가 종내에는 몸마저 희미해진다 하더이다."

나는 얼른 발밑을 내려다보았다. 그림자가 없었다. 간이 덜컥 내려앉았다.

"버, 벌써 없어졌는데!"

연오가 황당하다는 듯 말했다.

"황천은 원래 그림자가 없어. 그걸 여태 몰랐어?"

나는 그제야 눈앞에 보이는 풍경들이 평면처럼 납작하다는 것을 깨달았다. 이곳이 왜 그렇게 이상하게 보이는지 이제야 알 것 같았다. 황량한 풍경 때문이 아니라 그림자가 없기 때문이었다.

"그딴 걸로 촬영을 하면, 그렇다고 말을 해 줬어야지!"

병호 씨가 분통을 터트리자 꽃님이가 한심하다는 듯 코웃음을 쳤다.

"우스운 소리. 그리하면 누가 그 일을 하겠소이까? 꼬드김에 홀딱 넘어간 사람이 어리석은 게지."

꽃님이가 담배를 꺼내 물며 자리에 앉았다.

"내가 이런 일이 한 번 더 있으면 어찌한다 하였소이까?"

분위기가 싸늘하게 가라앉았다.

"잘못했다!"

"꽃님아, 제발. 내가 잘못했어!"

꽃님이가 한쪽 눈을 가늘게 떴다.

"메리는 잘못이 없소이다. 모두 딸을 두고 가출한 어느 분, 그리고 딸이 위험한 짓을 저지르는 걸 뻔히 보고도 말리지 않은 어느 분 잘못이외다."

병호 씨가 울상을 지었다.

"얼마든지 야단쳐. 내가 진짜 생각이 짧았다. 하지만 네 말대로 우리 메린 잘못이 없잖아. 우리 메리 이제 어떻게 해? 제발, 무슨 방법이 없을까? 네가 모른 척하면 우리끼리 무슨 수를 내겠어?"

"누가 모른 척한다고 했소이까? 병호 씨 잘못이 크긴 하나 내 잘못도 없지는 않소이다. 황천에 메리를 데리고 온 것부터가 잘못이니……."

꽃님이의 말이 끝나기도 전에 분위기에 어울리지 않게 명랑한 목소리가 끼어들었다.

"그래도 원래대로 돌아갈 수 있잖아? 요지경을 깨면 되니까."

연오였다.

"정말?"

"진짜?"

병호 씨랑 내가 반색하자 꽃님이가 수염을 쓸며 잠시 생각에 잠겼다.

"요지경을 깨면 속에 든 넋이 흘러나와 주인을 찾아갈 터이니……. 그렇소이다. 원래대로 돌아갈 수 있을 것이외다."

"그래서 이제부터 어떻게 할 거야?"

연오는 남의 속도 모르고, 무슨 놀이라도 하는 듯 신이 났다. 나는 배알이 꼬였다.

"상관없는 사람은 좀 빠지시지."

"난 사람 아니거든? 그리고, 상관없다고? 날 안 끼워 주면 헬쇼핑에 다 일러바칠 텐데?"

"뭐어? 이 까마귀가 진짜!"

병호 씨가 고함을 치자 연오가 푸르르 뒤로 날아갔다.

"일부러 그러는 거 아냐! 내 꿈이 방송국 PD랬잖아. 요지경 깨트리러 갈 때 나도 좀 데리고 가. 촬영장에 꼭 한번 가 보고 싶었다고. 말 잘 들을게, 응?"

연오가 찰거머리처럼 달라붙자 꽃님이가 마지못해 허락했다.

"알겠소이다. 단, 멋대로 군다면 가만두지 않을 것이외다."

꽃님이는 연오에게 으름장을 놓고는 우리를 돌아보았다.

"이 몸이 새벽마다 헬쇼핑에 들러 반품을 갖다 놓고 배송할 물건을 싣고 오는데, 그때를 노리면 어떻겠소이까?"

"좋은 생각이야. 새벽 방송 없을 때는 방송국 직원들은 다 퇴근해 아무도 없을 테니까. 근데 촬영장 문은 어떻게 열어? 잠겨 있을 텐데."

"나 비밀번호 알아!"

병호 씨가 놀라 나를 보았다.

"어떻게 알아?"

"공공 씨가 누를 때 봤어. 바깥문은 2346981625304657688, 안쪽 문은 358765986868691이야."

꽃님이 눈동자가 둥그레졌다.

"허! 메리가 이렇게 똑똑한 줄은 미처 몰랐소이다!"

병호 씨가 턱을 쓰다듬으며 나를 빤히 바라보았다.

"황천총명탕 때문인가?"

"그런가 봐, 아빠. 효과가 대단하다더니 진짜였어."

꽃님이가 눈을 부라리며 소리쳤다.

"황천총명타앙? 그건 또 무엇이오이까!"

"맞다, 기억력에 엄청 좋다고 해서 꽃님이 거도 챙겨 놨는데. 하나 먹을래?"

나는 어설프게 말을 돌리다 결국 꽃님이의 앞발 후려치기를 맛보았다.

우리는 새벽 촬영이 없는 날로 결전의 날을 잡았다. 낮 방송이 있었던 병호 씨는 차를 타고 먼저 헬쇼핑으로 가고, 나랑 연오는 꽃님이 택배 달구지를 타고 깊은 새벽에 헬쇼핑으로 향했다.

"메리, 비밀번호가 틀리면 몽땅 헛일이외다."

"걱정 마."

까닭은 알 수 없었지만 절대로 틀릴 것 같지 않았다. 아니나 다를까, 마지막 번호를 누른 순간 띠리릭 잠금장치가 열리고 바깥문이 열렸다. 안쪽 문도 마찬가지로 손쉽게 열렸다. 그 뒤로는 거칠 것이 없었다. 우리는 안으로 들어가 주위를 휘둘러보았다.

"생각보다 휑하네. 장비들은 다 어디 있어?"

연오가 산만하게 촬영장 안을 기웃거렸다. 촬영장은 낮과는 달리 텅 비어 있었다.

"혹시 딴 방에 있는 거 아냐?"

"딴 방은 비밀번호 모르잖아."

안절부절못하는 나랑 병호 씨에게 꽃님이가 말했다.

"들어온 지 얼마나 됐다고. 샅샅이 살펴보기나 하시오."

그 말대로 흩어져 촬영장 구석구석을 뒤적이는데, 갑자기 꽃님이가 우리를 불렀다.

"이리 모이시오! 누가 오고 있소이다."

우리는 컴컴한 무대 뒤로 와르르 몰려갔다. 그리고 얼마 지나

지 않아 문이 열리더니 공공 씨가 안으로 들어왔다. 공공 씨 뒤에는 누군가가 함께 있었다. 유난히 하얀 얼굴에 새카만 갓, 새카만 도포를 입은 사람이었다. 나는 꽃님이랑 눈을 맞추었다. 그러고는 '저, 승, 사, 자' 하고 입 모양을 만들어 보였다. 꽃님이가 작게 고개를 끄덕였다.

먼저 말을 꺼낸 이는 저승사자였다.

"장사는 잘되나?"

"덕분에 먹고는 살공."

"겸손도. 이번에 황천크림이랑 황천총명탕으로 몇 시간 만에 돈을 엄청나게 긁어모으셨다는 소문이 들리던데."

"그러지 않아도 감사의 표시로 좀 준비했공."

공공 씨가 네모진 가방을 스윽 내밀자 저승사자가 히죽 웃으며 가방을 챙겼다.

"아이고 뭐 이런 걸 다."

"눈감아 주신 일에 비하면 아무것도 아니공."

"눈을 감긴. 눈을 부릅떠도 못 찾을걸? 반품 상자에 황천 물건을 넣어 인간 세상에 보내는 걸 무슨 수로 아나. 킹리치, 알지 같은 상표가 상자에 딱 박혀 있으니, 그냥 봐선 아주 인간 세상 물건 아닌가?"

둘은 인사치레를 몇 마디 더 주고받고는 방에서 나갔다. 나는 발소리가 완전히 멀어질 때까지 기다렸다 소곤거렸다.

"뭔가 수상한데?"

"맞아, 뇌물 준 거 아냐?"

나는 병호 씨 말을 알아듣지 못하고 되물었다.

"뇌물?"

"잘 봐 달라고 주는 선물."

"응? 선물을 주는 게 왜? 뭐가 어때서?"

"선물을 주면서, 하면 안 되는 일을 봐 달라고 하는 게 문제외다."

느낌이 왔다.

"공공 씨가 나쁜 짓을 한 거구나!"

"황천 물건을 인간 세상에 팔아먹은 모양이외다. 간이 배 밖으로 나온 겐지. 들켰다간 경을 칠 터인데."

"근데, '황천'은 상표일 뿐이라고 공공 씨가 그랬잖아. 아빠도 들었지?"

"그러니까 그게 새빨간 거짓말이란 거지. 에이, 아깝다! 요지경만 찾았어도 찍어 뒀을 텐데."

병호 씨가 안타깝다는 듯 중얼거리는데, 천연덕스러운 목소리가 불쑥 끼어들었다.

"요지경 찾았는데? 저기 벽장 속에 있던걸. 조명이랑 마이크, 반사판까지 다 있더라고."

언제 벽장 안을 뒤졌는지 연오가 한 손에는 요지경을, 한 손에는 어묵을 들고 저 구석에서 걸어 나왔다.

"찾기만 하면 뭐해, 현장을 못 찍었는데!"

"못 찍긴, 다 찍었지."

연오가 어묵을 크게 한입 베어 물고는 나에게 내밀었다.

"너오 머을래?"

당연하지. 먹을 걸 마다하면 심메리가 아니었다. 나는 어묵을 냉큼 한입 베어 물었다.

"야, 방송 샘플을 먹으면 어떡해. 언제 갖다 놓은 건지도 모르는데!"

아빠가 어묵을 뺏어 들고는 연오에게 물었다.

"진짜 다 찍었어? 공공 씨랑 저승사자랑 이야기하는 거?"

"그렁다이까."

연오가 입에 든 어묵을 우물거리며 으스댔다.

"이리 줘 보시겠소이까?"

꽃님이가 요지경에 눈을 대고 옆에 붙은 손잡이를 당겼다.

"진짜 찍혔어? 나도 한번 보여 줘."

병호 씨가 안달이 나서 조르다 꽃님이의 매서운 눈초리에 제 풀에 물러났다.

"여기서 나가는 게 우선이외다."

무시무시한 쓰레기장

일은 술술 풀리는 듯했다. 쥐도 새도 모르게 요지경을 챙겨 촬영장을 빠져나와, 물류센터 주차장으로 내려왔다. 주차장은 달구지들로 북적였다.

꽃님이는 달구지에 든 반품 택배를 손수레에 옮겨 실었다. 그 어수선한 틈을 타, 우리는 가지고 온 요지경을 달구지에 감쪽같이 숨겼다.

"이 몸은 반품 택배를 가져다 놓고 배송할 물건을 가져올 터이니 잘 지켜보고 계시오."

그런데 꽃님이가 떠나자마자 일이 터졌다. 연오가 배가 아프다고 소란을 떨기 시작한 것이다.

"그러게 왜 아무거나 주워 먹어서는!"

"화장실 어디예요? 얼른 좀."

연오가 하얗게 질린 얼굴로 진땀을 흘리자 병호 씨가 말했다.

"안 되겠다. 메리야, 금방 갔다 올게. 여기 꼭 붙어 있어야 해. 알았지?"

혼자 남은 나는 아예 달구지에 걸터앉아 눈을 부라리고 요지경을 지켰다. 택배 기사들은 각양각색이었다. 뿔이 꼬부라진 염소, 정수리가 빨간 사마귀, 병호 씨보다 더 큰 왜가리도 있었다. 그래도 사람이, 진짜 사람인지는 모르겠지만, 가장 많았다.

택배 기사들은 뭉툭한 발굽으로, 가느다란 앞다리로, 깃털 날개로 택배 상자를 척척 날랐다. 하지만 상자가 많아도 너무 많았다. 고깔과자에 얹은 삼단 아이스크림처럼 달구지가 넘치도록 배송할 물건을 쌓아 올리느라 여간 힘들어 보이지 않았다. 다들 끙끙대며 물건을 나르느라 남의 달구지에는 신경도 쓰지 않았다.

바쁘게 오가는 택배 기사들 틈에 꽃님이가 보였다. 자기 몸 몇 배는 될 듯 높이 쌓아 올린 택배 상자를 밀고 오는 모습이 얼마나 아슬아슬한지, 나는 달구지에서 뛰어내려 꽃님이한테로 달려갔다. 하지만 가까이 가기도 전에 꽃님이가 손사래를 쳤다.

"오지 마시오, 위험하외다."

나는 머뭇거리다 달구지로 돌아갔고, 꽃님이는 혼자 택배 상자를 밀고 왔다.

달구지 앞까지 온 꽃님이가 이마를 훔치며 물었다.

"왜 남의 달구지에 앉아 있는 것이오이까?"

"뭐?"

나는 놀라 달구지 안을 살폈다. 일이 잘못되었다는 것을 깨달은 꽃님이가 다급하게 주위를 살폈다.

"이런 낭패가 있나!"

"미, 미안, 나, 계속 지키고 있었는데……."

어쩔 줄 몰라 변명을 늘어놓는데 화장실에 간 연오랑 병호 씨가 헐레벌떡 뛰어왔다. 눈치라고는 코딱지만큼도 없는 병호 씨가 활짝 웃으며 말했다.

"진짜 총알같이 갔다 왔다. 별일 없었지?"

꽃님이도 나도 말이 없자 연오가 이상하다는 듯 우리를 보았다. 그때 꽃님이가 주차장 한쪽을 가리켰다.

"저기, 내 달구지가 있소이다!"

그제야 무슨 일이 있었는지 눈치챈 병호 씨가 당황해서 소리쳤다.

"우리 달구지를 누가 몰고 간 거야? 대체 누구야?"

"답답하기는, 산타 영감이 몰고 있지 않소이까!"

꽃님이는 뱉어 내듯이 외치고는 앞으로 내달렸다. 산타랑은 눈

곱만치도 닮지 않았지만, 빨간 티셔츠에 머리가 하얗게 센 할아
버지가 올라탄 달구지가 보였다. 달구지는 곧 주차장을 빠져나갈
듯한데, 오고 가는 택배 기사며 달구지 때문에 꽃님이는 좀처럼
거리를 좁히지 못했다.

"아빠, 어떻게 해!"

병호 씨가 퍼뜩 정신을 차렸다.

"우리, 자동차 있잖아!"

연오가 엄지를 치켜들어 보이자 병호 씨가 으스댔다.

"이런 일이 있을까 봐 차를 몰고 왔단 말씀이지!"

병호 씨는 자동차에 올라타자마자, 빵! 빵! 경적 소리를 냈다.
주차장 안을 쩌렁쩌렁 울리는 소리에 지나가던 택배 기사들은
물론이고 꽃님이랑 빨간 티셔츠 할아버지까지 이쪽을 돌아보았
다. 병호 씨가 외쳤다.

"꽃님아! 어서 타!"

꽃님이를 차에 태우자마자 병호 씨는 마치 영화에서 보던 것처
럼 주차장 안을 고속도로처럼 내달렸다.

"와! 와! 와!"

연오는 입을 다물지 못했다. 병호 씨는 한껏 흥분했다.

"택배 달구지가 드나드는 곳은 꽉 막혔을 테니까, 자동차 전
용 출구로 나가서 기다리면 돼. 모르긴 몰라도 우리가 훨씬 빠

를걸!"

"병호 씨만 믿소이다."

자동차는 휘리릭 주차장을 빠져나가 택배 달구지 전용 출구 쪽으로 달렸다. 하지만 안타깝게도 출구가 눈에 들어온 그 순간, 빨간 티셔츠 할아버지는 그곳을 빠져나가고 있었다.

"잠깐, 잠깐만요!"

아무리 불러도 소용없었다.
빨간 티셔츠 할아버지는 소리가 들
리지 않는지 가는 길을 재촉했다. 소가 한
걸음 내딛을 때마다 거리는 훌쩍 멀어졌다. 따라
잡을라치면 멀어지고, 따라잡을라치면 다시 멀어졌다. 병
호 씨가 걱정스레 중얼거렸다.
"어디로 가는 거지? 이대로라면 놓칠 것 같아."

꽃님이가 콧잔등을 찡그렸다.

"이 길은 황천 쓰레기장 가는 길이오이다."

"쓰레기장?"

"거긴 왜?"

나랑 연오가 입이라도 맞춘 듯 동시에 물었다.

"저 영감이 실은 게 쓰레기였던 모양이외다. 요지경이 쓰레기장에 파묻히면 찾기 몹시 어려울 터. 병호 씨, 무슨 일이 있어도 따라잡아야 하오이다."

병호 씨가 운전대를 고쳐 잡으며 말했다.

"모두 안전벨트 해."

부우우웅! 거친 소리가 들리더니 자동차 속도가 빨라졌다.

"아저씨, 좀 더! 좀 더요!"

달구지가 조금씩 가까워졌다.

"조금만 더 힘을 내시오, 병호 씨!"

연오랑 꽃님이가 응원을 하는 동안 내 얼굴은 점점 노랗게 떴다.

"아, 아빠……."

"메리, 말 걸지 마. 아빠 바쁘다."

"그게 아니라 머, 멀미가……, 우, 우욱!"

나는 정말, 정말이지 그러고 싶지 않았다. 하지만 목구멍을 거슬러 올라오는 덩어리들을 도저히 어떻게 할 수가 없었다.

"우웨에에엑!"

배 속에 든 것들이 분수처럼 밖으로 솟구쳤다. 병호 씨 얼굴이며, 운전대, 자동차 앞 유리까지 질퍽질퍽 엉망진창이 되었다. 끼이이익! 자동차가 황급히 멈추어 섰다. 나는 울렁거리는 속을 겨우 억누르며 여기저기 튄 어묵 조각을 바라보았다.

얼굴과 유리창을 대충 닦아 낸 뒤 병호 씨는 다시 정신없이 차를 몰았다. 하지만 차 안에 진동하는 시큼하고 고약한 냄새를 꾹꾹 참아 낸 보람도 없이, 빨간 티셔츠 할아버지를 따라잡았을 때는 이미 달구지가 텅 빈 뒤였다.

"이보시오 영감, 남의 달구지를 몰고 가면 어찌하오이까!"

꽃님이가 다그치자 빨간 티셔츠 할아버지는 되레 역정을 냈다.

"제 달구지 하나 제대로 못 챙긴 주제에 어디서 큰소린가! 나도 짜증이 날세! 내 달구지를 찾으러 되돌아가야 할 것 아닌가! 에잉, 안 그래도 바빠 죽겠는데 두 번 일을 하다니, 재수 더럽게도 없는 날이구먼."

빨간 티셔츠 할아버지는 이러다 오늘 안에 집에 못 돌아가겠다며 구시렁대더니, 쌩하니 자리를 떴다.

요지경을 버린 장소라도 알아낸 게 불행 중 다행이었다. 하지만 문제는 요지경이 그 자리에 그대로 있을 리 없다는 거였다. 쓰레기장은 가파른 계곡처럼 생겼다. 길을 피해 쓰레기를 쌓고 또

쌓다 보니 그렇게 된 모양이었다. 그러니까 어디에 버려도 아래쪽
으로 굴러갈 수밖에 없었다.

"이 쓰레기가 다 어디서 나온 거야?"

"봤지 않소이까. 한 번에 물건을 열 개 스무 개씩 사들이고는
쓰다 지겨우면 금방 버리니 이리된 것이외다."

나는 맥이 탁 풀렸다. 헬쇼핑에서 반품 창고를 보았을 때도 놀
랐지만, 쓰레기장은 창고와 비교도 할 수 없었다. 한참 목을 빼고
보아도 아래에 난 길이 겨우 보일락 말락 했다.

"좀 전에 버렸으니 근처에 있을 것이외다."

꽃님이가 주위를 훑으며 날래게 저편으로 사라졌다.

"우린 내려가면서 찾아보자. 금방 찾을지도 몰라."

병호 씨가 쓰레기 더미를 한 발씩 짚어 가며 내려가자 연오도
뒤를 따라 날았다. 하지만 나는 발이 떨어지지 않았다.

"미끄러질 것 같아. 여기서 어떻게 찾아! 못 찾아. 못 찾을 것
같아."

"안 찾으면 너만 손해지."

연오가 병호 씨를 쫓아가며 퉁명스레 말했다. 나는 혼자 우두
커니 서서 주위를 둘러보았다. 별의별 물건이 다 있었다. 신발에
옷에 과자에, 냉장고에 세탁기에 피아노, 자동차까지. 멀쩡해 보
이는 것도 많았다.

"어?"

몇 발 떨어지지 않은 곳에 멀쩡해 보이는 물뿌리개가 묻혀 있었다. 그러지 않아도 인기절정! 기능성 씨앗에 골고루 물 주기가 어렵던 참이었다.

씨앗은 놀랄 만큼 빨리 자랐다. 며칠 전에 씨를 뿌렸는데 벌써 싹이 났다. 심지어 눈깜짝 감자는 눈 깜짝할 새에 덩굴이 치렁치렁 뻗어 나가 다 큰 것처럼 보였다. 자라는 속도를 보면 물도 많이 먹을 것 같아 매일 물을 주는데 물뿌리개가 있으면 한결 편할 것이다.

"버린 거니까 가져가도 되겠지?"

필요한 물건이 공짜로 생기자 나는 기분이 조금 좋아졌다. 인기절정! 기능성 씨앗이 쑥쑥 자라 인기절정! 기능성 열매가 주렁주렁 달리면 그걸로 주스를 만드는 것도 좋을 것 같았다. 어느 가게에 가도 빠짐없이 있는 멜본트주스처럼, 온 세계에다 주스를 파는 것이다. 세계적인 과일주스 회사 사장님이 되어서 말이다.

행복한 상상에 빠져 쓰레기 더미에 묻힌 물뿌리개를 쑥 뽑아 들고는 헤벌쭉하고 있는데, 스르륵 바닥이 움직였다.

"어?"

발밑이 푹 꺼졌다. 균형을 잃고 쓰러진 나는 몸을 일으켜 세울 겨를도 없이 쓰레기에 떠밀려 가기 시작했다.

"메리야!"

멀리서 아빠의 비명 소리가 들려왔다.

"아빠! 아빠!"

나도 아빠를 부르며 죽을 둥 살 둥 팔다리를 허우적거렸지만 밀려오는 쓰레기 때문에 도저히 몸을 가눌 수가 없었다. 물건에 눌려 몸이 짜부라질 것 같았다. 눈에서는 눈물이 풍풍 솟구치는데 머릿속에서는 엉뚱한 생각들만 맴을 돌았다.

'여기서 죽으면 세길내까지 금방 가겠네.'

'체험학습 내 차례 어떡하지? 내가 못 가면 승연이가 조금은 슬퍼해 줄까?'

그때 뿌연 눈앞으로 검은 그림자가 휘익 다가왔다. 다음 순간 무언가 어깨를 틀어쥐는가 싶더니 몸이 쑤욱 위로 올라갔다. 나는 놀라 버둥거렸다.

"가만 좀 있어! 확 떨어트릴까 보다."

연오였다.

모두 해고입니다

"괜찮냐, 메리?"

자동차는 쓰레기 더미 위를 덜컹거리며 겨우 앞으로 나아갔다. 쓰레기가 무너져 내려서 그나마 있던 길까지 쓰레기로 완전히 뒤덮이고 말았다.

쓰레기 더미에서 탈출하느라 다들 엉망이었다. 병호 씨는 옷여기저기가 터졌고, 꽃님이는 털이 엉기고 얼룩졌다. 날 수 있는 연오는 그래도 나았다.

"건드린 것도 없는데 갑자기 무너질 게 뭐람! 길이 아예 없어졌잖아."

대꾸하는 사람은 아무도 없었다. 말할 힘이라도 남아 있는 건 연오뿐이었다. 나는 하루가 한 달은 된 듯한 기분이 들었다. 하지만 헬쇼핑에 숨어들어 간 게 바로 몇 시간 전이었다. 요지경을 몰래 가지고 나왔다가 잃어버리고, 쓰레기장까지 추격전을 벌이고, 쓰레기 더미에 파묻혀 죽다 살아난 것까지 모두 그 몇 시간 동안 일어난 일이었다.

나는 연오네 집에 도착하자마자 기절하듯 잠이 들어 다음 날 점심때까지 세상모르고 곯아떨어졌다. 누군가 시끄럽게 떠들지만 않았어도 어쩌면 저녁까지 내리 자 버렸을지도 모른다.

"어머나, 우리 집에 웬 닭이야! 착하지, 가만있어, 가만. 거기서⋯⋯, 거기 서지 못해! 다리 한 끼, 몸통 한 끼, 두 끼가 도망을 가네!"

고함 소리, 푸드덕거리는 소리, 꼬꼬댁댁 우는 소리에 조용하던 집 안은 순식간에 벌집을 쑤셔 놓은 듯 소란스러워졌다. 나는 배를 긁으며 부스스 일어나 문밖을 내다보다 깜짝 놀랐다. 달아나는 티라노와 그 뒤를 쫓는 웬 아줌마가 마당을 뱅뱅 돌고 있었다.

나는 맨발로 뛰쳐나가며 소리쳤다.

"아줌마, 그거 제 닭이에요!"

내 목소리를 들은 티라노가 잽싸게 내 뒤로 숨었다. 아줌마는 잠시 멀뚱멀뚱 나를 보다 얼굴을 일그러트리며 따지듯이 물었다.

"그게 니 닭이란 증거 있니, 있어? 근데 넌 누구니? 어디서 본 것 같은데? 연오야, 연오야, 애 누구야? 얼른 나와서 엄마한테 말 좀 해 봐!"

말이 끝나자마자 벌컥 문이 열렸다. 하지만 밖으로 나온 건 연오가 아니라 꽃님이였다.

"분명 엄마라고 했겠다, 잘 만났소이다. 당장 인두겁을 내놓지 못하겠소이까!"

"이, 인두겁이라니, 이 양반이 무슨 소리를 하는 거예요? 아니, 근데, 뉘신데 우리 집에서 나오는 거예요!"

짜랑짜랑 울리는 소리에 잠귀 어두운 병호 씨까지 일어나 밖으로 나왔다. 아줌마는 병호 씨를 보고는 화들짝 놀라더니, 나를 한 번 보고, 꽃님이를 보고, 다시 병호 씨를 보았다.

"너, 너희는! 이 파렴치한 인간들이 호, 혹시 우리 연오한테 해코지를! 여, 연오야! 내 아들 연오야!"

아줌마가 옆방으로 뛰어들었다. 잠이 덜 깬 연오 목소리가 문밖으로 흘러나왔다.

"엄마네……, 언제 왔……."

곧이어 퍽, 퍽, 내리치는 소리와 함께 비명이 들려왔다.

"아야! 아야! 아 씨, 왜 그래 엄마, 아파! 그만해!"

병호 씨가 달려 들어가 아줌마를 말렸지만, 얼마나 힘이 센지

어림없었다. 보다 못한 꽃님이가 나서서야 겨우 아줌마를 뜯어 놓을 수 있었다.

상황이 정리된 건 한참 뒤였다.

"아무리 그래도 그렇지 모르는 사람을 집 안에 들여? 엄마가 사람 조심하라고 몇 번이나 말했니, 응?"

아줌마는 아직도 분이 덜 풀린 듯 씩씩댔다. 연오는 연오대로 얻어맞은 게 억울한지 뚱한 표정으로 말대답을 했다.

"모르는 사람 아니거든."

"그렇긴 하지만 뭐랄까, 썩 좋게 만난 건 아니잖니? 그러니까 악연이랄까?"

"말 잘했소이다. 악연도 그런 악연이 없지. 두말 않을 터이니 어서 인두겁이나 내놓으시게!"

꽃님이의 사나운 말투에 아줌마 목덜미에서 깃털이 확 부풀어 올랐다. 새카만 깃털이었다. 아무리 봐도 사람같이 보여 헷갈렸 는데 까마귀는 까마귀인 모양이었다.

"흥! 그놈의 인두겁, 쓸모가 없어 벌써 갖다 버렸네요!"

서로 잡아먹을 듯이 노려보는 둘 사이로 연오가 손을 붕붕 휘 저으며 끼어들었다.

"아냐, 아냐, 안 버렸어. 울 엄마 같은 구두쇠가 버릴 리가 없지. 그리고 엄마, 병호 아저씨, 가수인 거 알아?"

"뭐? 가, 가수?"

까마귀 아줌마의 목 깃이 싹 가라앉았다.

"응. 왜, 엄마가 좋아하는 헬쇼핑에 나오는 노래, 병호 아저씨가 다 부른 거야."

아줌마가 갑자기 고개를 푹 숙이더니 머뭇머뭇 물었다.

"혹시 〈똑똑한 메리〉 부르신 분?"

"맞아요."

내가 냉큼 대답하며 벽에 기대 놓은 기타를 가리키자 아줌마 입이 딱 벌어졌다.

"어머, 어머, 세상에. 저, 팬이에요! 아휴 내가 무슨 짓을 한 거람. 다시 인사드릴게요. 저는 세오라고 하고 연오 어미 되는 이예요."

"아, 네."

병호 씨 입이 헤벌쭉 벌어졌다. 까마귀들 때문에 얼마나 고생했는데! 난 병호 씨 옆구리를 쿡 찌르고는 까마귀 아줌마한테 물었다.

"근데 왜 사람 모습이에요? 또 인두겁을 쓴 거예요?"

인두겁 때문에 한 고생이 떠올라 절로 쌀쌀맞은 목소리가 나왔다. 연오가 퉁명스레 말했다.

"인간 모습으로 변하는 것쯤은 우리한텐 아무것도 아냐. 인간 세상에서 인간 모습을 하는 게 어려울 뿐이지. 거긴 변신하기에 공기가 너무 나빠."

까마귀 아줌마가 고개를 끄덕였다.

"연오 말이 맞아요. 일할 때는 사람 모습이 편해서 이러고 있을 뿐이에요. 손가락이 특히 쓸모 있지요."

아줌마가 크게 숨을 내쉬자 몸이 푸스스 꺼지는가 싶더니 까마귀로 바뀌었다. 우리가 흠칫 놀라자 까마귀가 다시 크게 숨을 들이쉬었다. 그러자 몸이 부풀어 오르면서 좀 전에 본 아줌마로 변했다.

"저……, 초면에 실례지만 〈똑똑한 메리〉, 딱 한 소절만 불러 봐 주시면 안 될까요?"

"이제 와 초면은 무슨……."

꽃님이가 못마땅한 듯 구시렁거렸지만 병호 씨는 바로 기타를 품에 안았다. 노래를 마다하면 음유시인 심병호 씨가 아니었다.

메리한테 필요한 건 뭐?

황, 천, 총명탕, 머리가 좋아지는 약이라지

메리한테 필요한 건 뭐?

황, 천, 총명탕, 공부를 잘하는 약이라지

아줌마는 총명탕 부분을 딱딱 맞춰 따라 불렀다. 정말 팬은 팬인 모양이었다.

"〈똑똑한 메리〉를 눈앞에서 듣다니, 이 순간을 영원히 잊지 못할 거예요!"

"고맙습니다."

뜬금없이 흘러넘치는 정다운 분위기에 꽃님이가 폭발했다.

"지금 노래나 부르고 있을 때오이까! 당장 인두겁을 내놓으시오! 내놓지 않으면⋯⋯."

"드릴게요, 어르신. 그러니 진정하세요."

대답은 너무나 쉽게, 고분고분 흘러나왔다. 꽃님이랑 나, 병호 씨, 연오까지도 눈이 둥그레졌다.

"정말이오이까?"

아줌마가 고개를 끄덕이자, 나는 얼른 덧붙였다.

"카드값도 주셔야 돼요."

"그럼! 신용카드 쓴 것도 꼭 갚을게! 시간은 좀 걸리겠지만, 약속할게요!"

그러고는 병호 씨 얼굴을 빤히 보더니 고개를 외로 꼬고 수줍게 말했다.

"대신⋯⋯ 저랑 데이트 한 번만 하면 안 될까요?"

싸움은 허무하게 끝이 났다. 병호 씨랑 아줌마는 데이트 날짜를 잡느라 달력을 뒤적이고, 꽃님이는 연오네 전화기를 빌려 우리 선생님한테 전화를 했다. 요지경에 찍혔으니 이승에 머무는 것은 위험하다고, 당분간 학교를 가지 않는 편이 좋겠다며 아예 일주일 동안 친척 집에 다니러 간다고 말을 해 두었다.

"나도 전화 좀. 회사에 전화해야겠어."

병호 씨가 전화기로 손을 뻗었다.

세오 아줌마는 연오를 데리고 나가더니 보따리 몇 개를 들고 들어왔다. 보따리 안에서 맛있는 냄새가 솔솔 새어 나왔다.

"일해 주고 받은 음식이에요. 식기 전에 먹자고요."

세오 아줌마가 보따리 하나를 끌어다 매듭을 풀자 잡채며, 불고기, 떡, 부침개, 사과, 배, 갖은 음식들이 나왔다. 냉큼 떡 하나를 집어 드는데, 아줌마가 내 손등을 찰싹 때렸다.

"어른 드실 때까지 기다려야지. 병호 씨 얼른 전화하고 같이 먹어요."

그래 놓고는 아빠한테는 살살 눈웃음을 치는데 얼마나 얄밉던지.

병호 씨가 음식을 힐끔 보더니 바삐 숫자를 눌렀다. 곧 수화기 너머로 공공 씨 목소리가 흘러나왔다.

"여보세요."

"사장님, 저 심병호입니다. 오늘 집에 일이 좀 있어서 늦을 것 같아서 전화드렸습니다."

"이왕 늦었으니 나오지 마시공."

"아, 예, 그래도 될까요?"

"물론. 내일도 모레도 글피도 나올 필요 없공."

병호 씨가 어리둥절해서 되물었다.

"예?"

"병호 씨는 해고라공."

"예에?"

"몰래 회사를 드나드는 직원 따윈 필요 없으니까. 메리도 나올
필요 없다고 전해 주공. 참, 자동차랑 텔레비전은 택배 기사가 가
지러 갈 거공."

대답할 틈도 없이 공공 씨가 전화를 뚝 끊었다. 꽃님이가 반색
했다.

"그거 잘되었소이다, 이참에 그만두는 게……."

"자동차는 어떡하고?"

나는 너무나 억울했다.

"일한 삯도 못 받았어!"

병호 씨도 나 못지않게 억울해했다.

"적반하장도 유분수지. 전화 한 통으로 해고라니 너무하네요. 그
만둘 때 그만두더라도, 요지경 일은 따져야죠!"

세오 아줌마는 마치 자기가 해고라도 당한 듯 펄펄 뛰었다. 꽃님이는 요지경이란 말에 귀를 움찔거리다 결국 자리를 털고 일어났다.

"가십시다. 메리랑 연오는 집에 있고……."

"나도 갈 거야. 내 일이잖아."

나까지 가는데 가만있을 연오가 아니었다. 우리는 빨간 자동차에 앞뒤 가득 타고 기세등등하게 헬쇼핑으로 향했다. 하지만 공공 씨는 첫 마디로 단숨에 우리 기를 꺾었다.

"감시 카메라에 다 찍혔어요. 간 크게 회사 물건을 훔쳤더라공. 거기 고양이 양반, 당신도 같이 해고니까 황천 달구지, 당장 반납하라공."

물론 그런다고 가만있을 내가 아니었다.

"그동안 일한 값은요? 그건 주셔야죠!"

세오 아줌마가 옆에서 거들었다.

"품삯을 떼어먹으면 염라대왕께 고발할 거예요!"

"염라대왕? 염라대왕도 있어?"

"당연하지. 얼마나 무시무시한데."

속닥거리는 나랑 연오를, 공공 씨가 한심하다는 듯 쳐다보았다.

"불법 체류자로 잡혀 가고 싶으면 마음대로 하공. 산 사람이 몰래 황천에 들어온 데다 일자리까지 구한 걸 알면 두 사람 다 혼

쭐이 나고 당장 인간 세상으로 추방당할걸. 그냥 해고로 넘어가 주는 것만 해도 고마운 줄 알라공."

"이리도 뻔뻔스러울 수가! 고마운 줄 알라니, 멀쩡한 인간을 꼬드겨 요지경으로 찍은 건 안중에도 없는 모양이외다!"

"요지경인지 뭔지 그게 사람 넋을 빼내는 거라던데, 게다가 저승사자랑 짬짜미까지 했잖습니까!"

꽃님이에 병호 씨까지 나서서 따졌지만 공공 씨는 낯빛도 바꾸지 않고 딱 잡아뗐다.

"저승사자? 짬짜미? 무슨 소릴 하는 건지 모르겠공."

"우리가 다 봤거든요. 까만 옷 입고 얼굴 하얀 아저씨한테 고맙다면서 가방 줬잖아요. 그거 뇌물이잖아요! 그냥 염라대왕한테 가요. 사장님이 한 일을 알면 뭐라 그럴지 궁금하네요."

따지는 거라면 꽃님이보다 병호 씨보다 내가 백배는 잘했다.

공공 씨의 성체

태연한 척했지만 공공 씨 목소리가 떨려 나왔다.

"없는 일을 지어내면 안 되는 거 알지? 명예훼손으로……."

"우리 증거 있는데."

연오가 약 올리듯 말했다.

"내가 요지경으로 다 찍어 놨잖아."

그 요지경은 쓰레기 더미에 파묻혀 찾을 길이 없었지만, 연오
는 가슴을 탕탕 치며 허풍을 떨었고 꽃님이가 거기서 한술 더
떴다.

"염라대왕께 그걸 보여 드리고 시시비비를 가려 보오이다!"

"당연하죠. 비리 없는 저승을 만들겠다고 방송에 나오기만 하

면 그러시던데, 저승사자하고 헬쇼핑 사장이 짬짜미한 걸 알면, 염라대왕께서 절대 가만있지 않으실걸요."

세오 아줌마까지 간족거리자 공공 씨가 분에 못 이겨 몸을 부르르 떨었다.

"너희들이 살아서 염라대왕 얼굴을 볼 수 있을 성싶으냐!"

갑자기 공공 씨 머리가 앞으로 쭉 뻗어 나왔다. 그 바람에 툭, 투둑 옷이 뜯겨 나가기 시작했다. 찢어진 옷자락을 비집고 마디가 잡힌 거대한 벌레 다리 수십 개가 후두두둑 튀어나왔다.

"가만두지 않겠다공!"

"히익!"

정신을 차릴 틈도 없었다. 연오가 나를, 세오 아줌마가 병호 씨를 잡고 날아올랐다.

"지, 지네!"

겁에 질린 병호 씨 목소리가 들렸다. 사람 키 두 배는 되는 지네가 찢어진 옷자락을 덜렁거리며 쫓아오고 있었다. 공벌레나 돈벌레, 노래기는 그에 비하면 장난감 같았다.

잔털이 숭숭 돋은 다리가 양쪽으로 수도 없이 달렸고 움직일 때마다 스륵스륵 소름 끼치는 소리가 났다. 구슬처럼 반질거리는 새카만 눈알은 하나가 국그릇만 했다. 가장 끔찍한 건 갈고리처럼 생긴 주둥이였다. 지네가 몸을 쭉 뻗기만 해도 그대로 주둥

이에 걸려들어 반 토막이 날 것 같았다.

그 순간 줄줄이 늘어선 창문 가운데 활짝 열린 창문을 찾아낸 건 어쩌면 초능력이 아니었을까?

"저기, 창문 열렸어! 나가, 연오야!"

내가 소리치자 연오가 쏜살같이 날아가 창문을 넘었다. 세오 아줌마도 금방 뒤따라왔다. 그런데 그때 병호 씨가 다급한 목소리로 고함을 쳤다.

"꽃님이! 꽃님이는 어떡해!"

놀라 돌아보니 창가에서 꿈틀대는 지네와 그 앞에 몸을 움츠린 꽃님이가 보였다. 지네가 몸을 틀 때마다 유리가 부서져 사방으로 튀었다. 그 속에 위태롭게 선 꽃님이를 보자 심장이 내려앉았다.

"세오 씨, 돌아가요!"

"연오야, 얼른!"

병호 씨랑 나는 숨이 넘어가는데 연오도 세오 아줌마도 태연하기만 했다.

"꽃님이 어르신이 그깟 삼백 년도 안 된 지네한테 어찌 될 것 같으니? 얼른 집에 가서 이제부터 어찌할지나 생각하는 게 나아."

"그게 정말인가요?"

병호 씨 물음에 세오 아줌마가 혀를 찼다.

"인간들은 눈도 멀고 코도 막혔다더니! 그 어르신이 얼마나 오래 묵은 분인데. 혼자 몸을 피하는 것쯤이야 식은 죽 먹기일 테니, 걱정 붙들어 매세요."

"가 봤자 아저씨랑 메리는 방해밖에 안 될걸."

연오의 장담에 병호 씨가 힘없이 말했다.

"이제 내려 주세요, 힘드실 텐데."

날갯짓 소리와 함께 몸이 천천히 아래로 내려왔다. 그때, 어디선가 검은 옷을 입은 남자들이 우르르 나타났다. 놀란 연오랑 세오 아줌마가 다시 날아오르려고 하자 남자들이 품안에서 광주리를 꺼내 휙 던졌다. 광주리는 눈이라도 달린 듯 정확하게 날아와 우리 넷을 꼼짝없이 가두고 말았다.

"인간 심병호와 심메리는 오라를 받아라!"

남자들 생김새가 눈에 익었다. 밀가루처럼 하얀 얼굴에 검은 갓과 검은 옷, 저승사자들이었다.

저승사자 한 명이 굵은 줄을 들고 광주리로 다가왔다. 저승사자와 공공 씨가 한통속이란 걸 알았지만, 이렇게 빨리 나타날 줄은 몰랐다. 이제 어떻게 되는 걸까? 초조하게 이리저리 눈길을 옮기다 세오 아줌마랑 눈이 마주쳤다. 아줌마가 똑바로 나를 보다 불쑥 말을 꺼냈다.

"저기, 인간 계집애가 오줌을 지린 것 같은데……."

뭐? 오줌? 얼토당토않은 소리에 뭐라 하려는데, 세오 아줌마가 옆구리를 쿡 찔렀다. 나는 반사적으로 입을 닫았다.

"기저귀 찰 나이는 지난 것 같은데?"

저승사자가 나를 위아래로 훑어보더니 눈썹을 치올렸다.

"어르신들의 위엄 넘치는 모습에 겁을 먹었나 봐요. 아직 애잖아요?"

저승사자가 노려보건 말건 세오 아줌마는 넉살 좋게 말을 이어 갔다.

"가만두면 냄새 날 텐데, 뒷간에 데리고 가서 옷 좀 갈아입히고 오면 안 될까요?"

"혼자 가면 되지 왜 같이 간다는 거냐?"

저승사자가 묻자 세오 아줌마가 다시 내 옆구리를 쿡 찔렀다. 나는 힐끔 아줌마 눈치를 보고는 부러 우는 시늉을 했다.

"화장실이 어딘지 몰라서요. 아저씨, 제발요. 창피해 죽겠어요."

저승사자가 끌탕을 하며 나랑 아줌마를 앞세우고 화장실로 갔다.

"문 앞에서 기다릴 테니, 재게 나오너라. 조금이라도 늦으면 쳐들어갈 게야."

"여자 화장실에 들어온다고요? 어머나, 창피하게시리."

세오 아줌마는 저승사자를 째려보고는 내 손을 잡고 화장실로 들어갔다. 그러고는 문을 닫자마자 치맛자락을 걷어 올리더니, 속바지에 달린 주머니에서 웬 천 뭉치를 꺼냈다. 손바닥만 한 주머니에서 나왔다고는 믿을 수 없게도 그건, 원피스였다. 아줌마는 아무런 말도 없이 재빨리 연두색 원피스에 몸을 꿰었다.

"아줌마 뭐 하세요?"

"뭐 하긴, 보고도 몰라? 어서 단추 좀 채워 줘 봐. 서둘러! 시간 없어!"

아줌마의 재촉에 나는 단추를 채웠다. 아줌마가 순식간에 나로 바뀌었다.

"인두겁!"

아줌마가 고개를 끄덕였다.

"중요한 건 항상 몸에 지니고 다녀야 하는 법이지. 이번 한 번만 더 쓰고 돌려줄게. 아줌마가 나갈 테니, 넌 여기 있어. 데리러 올 때까지 절대 나오면 안 돼."

밖에서 저승사자 목소리가 들려왔다.

"셋 만에 안 나오면 들어가겠다."

"지금 나가요!"

내 모습으로 변한 아줌마가 나를 보고 방긋 웃더니 문을 열고 나갔다.

"아니, 까마귀는 어딜 가고 혼자 나오는 게냐!"

밖에서 호통 소리가 들려왔다. 나랑 똑같은 목소리가 울먹이며 대답했다.

"아줌마는 화장실 창문 밖으로 날아갔어요. 자기는 잘못한 게 없다면서 그냥 가 버렸어요."

"아무리 그래도 그렇지, 어린것을 핑계 삼아 줄행랑을 쳐? 죄지은 게 없으니 잡으러 갈 수도 없고. 에잉, 어서 가자!"

나는 변기에 쭈그리고 앉아 멀어지는 발소리를 들었다.

연오는 십 분도 안 되어 데리러 왔다고 했지만, 나는 한 시간은 기다린 것 같았다.

"아빠는? 아줌마는?"

"잡혀갔어. 나만 풀려나고. 그 저승사자들 염라대왕님이 보냈더라."

"뭐? 공공 씨가 아니고?"

"응. 병호 씨랑 너, 황천 쓰레기장을 무너트린 것 때문에 잡혀가게 된 거야."

"뭐어?"

"쓰레기장에 길 있었잖아. 죽은 넋이 지나다니는 저승길인데, 그 길이 꽉 막혀서 난리가 났나 봐."

"왜 하필 쓰레기장에 길을 만들어서는!"

"쓰레기장에 길을 만든 게 아니고, 길이 난 곳까지 쓰레기가 쌓인 거지."

나는 가슴이 답답했다.

"우리 아빠…… 괜찮을까?"

연오가 우울한 목소리로 대답했다.

"몰라. 살아 있는 인간이 멋대로 황천에 온 것도 잘못인데, 멀쩡한 저승길까지 막아 버렸으니……"

말은 더 이어지지 않았다.

연오가 내 어깨를 잡았다.

"일단 집에 가자. 배고파. 오늘 한 끼도 못 먹었어."

그 말을 들으니 나도 배가 고팠다. 잡채며 부침개, 불고기, 아까 본 음식들이 떠올랐다. 집이 보이자 배 속에서 꾸르륵 소리가 났다.

"난 많이 먹을 거야!"

"내가 더 많이 먹을 거야!"

우리는 구르듯이 마당으로 들어갔다. 그런데 이럴 수가, 집이 난장판이었다. 방문은 구멍이 뚫렸고, 옷장 문은 뜯겨 나가고, 바닥에는 살림살이와 옷들이 뒤엉켜 널브러져 있었다. 게다가 지붕 반쪽이랑 벽까지 부서져 방에서 하늘이랑 마당이 훤히 보였다.

연오가 넋이 나간 듯 중얼거렸다.

"우리 집이 다 부서졌어……"

택배 창고에서 챙겨 온 우리 살림살이도 엉망이었다. 당장 입을 옷도, 가방도, 책도, 모두 뒤죽박죽 쓰레기 더미 속에 섞여 있었다. 나는 구겨졌지만 그럭저럭 깨끗한 티셔츠와 식물 기르기 책을 집어 들었다.

"그래도 쓸 수 있는 게 있어 다행이야."

"별게 다 다행이다! 오늘 밤 당장 잘 곳도 마땅찮은데, 다행은 뭐가 다행이야!"

연오가 콩지깃을 털며 소리를 질렀다. 그때 꾸우꾸우, 하는 소리가 들리는가 싶더니 닭장 뒤에서 티라노가 걸어 나왔다. 닭똥이 온몸에 묻은 채로 다가오는 꼴이 어이없기도 하고 반갑기도 했다.

"다행은 다행이잖아. 티라노도 멀쩡하고."

씩씩하게 꼬꼬댁댁거리는 티라노를 보자 힘이 났다.

"먹을 것도 남아 있고."

나는 바닥에 뒹구는 보따리를 열고 다른 음식과 뒤섞이긴 했지만 멀쩡해 보이는 부침개 하나를 입 안에 욱여넣었다.

"쩝쩝, 도둑이 든 걸까?"

연오가 질세라 떡 두 조각을 한입에 털어 넣었다.

"으움움, 우리 집에 훔쳐 갈 게 있어 보여?"

"아니, 꼭 뭔가 찾는 것처럼 다 헤집어 놨잖아."

"그럼 물건만 훔쳐 가지 왜 집을 부수냐?"

"찾는 게 없어서? 짜증 나서? 화풀이로?"

내가 대답을 늘어놓자 연오가 짜증을 냈다.

"누가 우리한테 화풀이를 한다는 거야? 우리가 무슨 짓을 했다고? 만날 집 안에만 있다가 어제 한 번, 오늘 한 번 헬쇼핑에……."

연오가 말을 뚝 끊고는 나를 바라보았다. 나도 연오를 보았다.

"공공 씨……."

"그래, 그 지네 할망구! 증거가 있다고 했더니 그걸 찾는다고 다 헤집어 놓은 거야!"

"못 찾으니까 분풀이로 집을 부숴 놓은 거고."

내 말에 연오가 날개를 세차게 푸드덕거렸다.

"가만 안 둘 거야!"

14장

도와줘요, 고양이 가장

그러나 당장은 연오도 나도 너무나 피곤했다. 병호 씨와 세오 아줌마가 걱정이었지만 무얼 해야 할지 알 수 없었다.

우리는 우선 집부터 정리하기로 했다. 황천 밤바람은 찼다. 나는 그나마 멀쩡한 부엌방을 치우고 구멍 난 문에 테이프를 붙였다. 연오는 아궁이에 불을 땠다.

한참 움직이고 나니 졸음이 몰려왔다. 나는 하품을 하며 꾸벅꾸벅 졸고 있는 연오 곁으로 기어갔다. 따듯한 기운이 무릎을 타고 올라오자 나는 그 자리에 고꾸라져 잠이 들었다.

얼마나 시간이 지났을까, 가슴이 답답해서 눈을 떠 보니 꽃님이가 내 가슴 위에 몸을 동그랗게 말고 잠을 자고 있었다. 눈앞에 보이는 넙데데한 얼굴이 너무나 반가웠다.

"꽃님아!"

꽃님이가 게슴츠레 눈을 뜨며 중얼거렸다.

"따듯해서 잠시만 앉아 있으려던 게 이리되었소이다."

그러고 보니 아궁이 불이 꺼졌는지 방바닥이 서늘했다.

"괜찮아? 다친 덴 없어?"

"아무렇지도 않소이다."

주거니 받거니 하는 소리에 연오가 잠에서 깨었다.

"꽃님이 어르신!"

연오는 냅다 꽃님이 앞으로 다가와 넙죽 절을 했다.

"부탁이야! 제발 좀 도와줘!"

연오는 병호 씨와 세오 아줌마가 잡혀간 이야기를 했고, 나도 사이사이 말을 보탰다.

"꽃님아, 이제 어떡해? 우리 병호 씨 어쩌지?"

"염라대왕의 눈을 속이고 둘을 구하는 건 불가능한 일, 쓰레기를 치우고 길을 원래대로 되돌린 다음 용서를 빌어 보는 게 어떨까 하외다."

"뭐어?"

"더 좋은 방법이 있으면 좋겠지만, 지금은 그 수밖에 없소이다."

"말도 안 돼, 그 많은 쓰레기를 어떻게 치워!"

연오는 아우성을 쳤지만, 나는 턱을 괴고 곰곰이 생각에 잠겼다. 꽃님이 말을 듣자마자 떠오르는 게 있었다.

"이러면 어떨까?"

나는 크게 숨을 들이쉬고 말을 꺼냈다.

"쓰레기를 다 팔아 치우는 거야."

연오가 어처구니없다는 듯 나를 보았다.

"뭐? 쓰레기를 어떻게 팔아?"

"별별 걸 다 파는데 못 팔 게 뭐야. 쓰레기장엔 멀쩡한 물건들도 엄청 많은데!"

"듣고 보니 그럴듯하네."

연오가 손뼉을 치며 감탄했다. 하지만 꽃님이는 심드렁했다.

"아무리 멀쩡하다 해도 쓰레기인데 누가 사려 하겠소이까? 멀쩡한 물건도 버리는 판인데 말이올시다."

아직도 총명탕 약효가 남은 걸까? 좋은 생각이 자꾸 떠올랐다.

"공짜로 팔면 되지! 사람들이 공짜를 얼마나 좋아하는데. 그래, 이렇게 하자. 원 플러스 원이 아니라 빵 플러스 원."

"아하! 그거 괜찮은데?"

"그게 무엇이오이까?"

나랑 연오는 그것도 모르냐는 듯 꽃님이를 바라보았다. 으스대는 건 언제나 기분 좋은 일이었다.

"원 플러스 원이 하나 사면 하나 더 주는 거잖아. 연오 너 원 플러스 원 좋아, 싫어?"

"좋지! 그걸 말이라고 해. 살 마음이 별로 없다가도 그 표시만 보면 막 사고 싶더라."

"빵 플러스 원은 빵, 그러니까 아무것도 안 사도 하나를 주는 거야. 완전 공짜로 준다는 말이지."

연오가 양 날개로 뺨을 감쌌다.

"듣기만 해도 엄청 사고 싶어져!"

"그치?"

"응!"

꽃님이가 떨떠름하게 물었다.

"진심이오이까?"

"그럼. 마음 딱 놓고 우리만 믿어."

"빵 플러스 원을 놓치는 건 바보뿐이라고, 어르신."

내가 보기에 무얼 사느냐는 사람들한테 그리 큰 문제가 아니었다. 중요한 건 어떻게 사느냐였다. 얼마나 싸게, 덤을 몇 개나 받고, 몇 개월에 나누어 돈을 내느냐에 따라 사람들은 물건을 살지 말지 결정하는 것 같았다.

그런 점에서 '공짜'는 마법의 말이나 다름없었다. 필요한지 필요하지 않은지는 우선 갖고 난 뒤에 생각해도 되는 문제였다. 자신감이 무럭무럭 솟아났다. 지금 기분으로는 순식간에 쓰레기장에 가득 찬 쓰레기를 몽땅 팔아 치울 수 있을 것만 같았다.

"그 많은 걸 어떻게 팔 생각이오이까?"

꽃님이도 이미 반쯤 넘어온 것 같았다. 나는 자신있게 말했다.

"헬쇼핑에서 팔면 되지!"

"허어! 어제 해고된 걸 잊었소이까?"

"몰래 들어가야지."

"건물에는 어떻게 숨어든다 해도, 비밀번호도 죄 바뀌었을 텐데 무슨 수로 촬영장에 들어간다는 말이오이까?"

"그럼 말이지, 이렇게 하면 어떨까?"

우리는 생방송 시간에 맞추어 헬쇼핑 안으로 숨어들어 갔다. 어떻게 들어갔냐고? 아무도 지나가지 않는 틈을 타 창문으로 연오랑 날아서 들어갔다. 어제 공공 씨가 다 부숴 놓은 터라 아무 창문이나 고르기만 하면 되었다. 복도에서 효자손을 마주쳤지만 효자손한테는 눈이 없었다. 건드리지 않으면 무사통과였다.

저 앞에 촬영장이 보이자 나는 주먹을 꼭 쥐었다.

"공공 씨가 있으면 어떡하지?"

"걱정 붙들어 매시오. 어제 이 몸에게 크게 당한 터. 제아무리 영물이라도 오늘은 움직이지 못할 것이외다."

연오가 씨익 웃었다.

"그럼 준비된 거지?"

그 말에 고개를 끄덕였는지 대답을 했는지 기억조차 나지 않았다. 우리는 미리 세운 계획대로 정신없이 움직였다. 꽃님이는 화재경보기를 누르고는 반쯤 젖은 신문지를 태워 연기를 피웠다. 나는 불이야, 불이야, 고함을 지르며 복도를 뛰어다니고 연오는 한창 촬영 중인 방 앞에서 소리쳤다.

"모두 비상구로 대피하세요! 어서요!"

벌레들과 효자손들이 생방송이고 뭐고 아랑곳하지 않고 문을 열고 뛰쳐나오자 우리는 잽싸게 안으로 들어가 문을 잠그고는 혹시 몰라 문 앞에 책상이며 의자 따위를 층층이 쌓았다.

"서둘러야 할 것이외다."

꽃님이는 문 앞을 지키고 연오는 카메라를 들고 나는 마이크를 잡았다.

"안녕하세요, 여러분. 오늘 여러분들께 소개할 제품은 아주 특별한……."

방송을 한 지 십오 분이나 되었을까, 문이 덜컹거리다 못해 뜯겨 나갈 듯 들썩이더니 열리고 말았다. 연오는 나를 잡고 날아오르고 꽃님이는 덤벼드는 효자손들과 벌레들을 떨쳐 냈다. 공공 씨도 어쩌지 못한 꽃님이를 막을 수 있는 이는 아무도 없었다. 우리는 왔던 길을 그대로 날아 창문을 넘어 달아났다.

"성공이다!"

"근사해!"

"다들 잘 해냈소이다!"

우리는 웃고 까불며 황천 쓰레기장으로 향했다. 그런데 막상 산처럼 쌓인 쓰레기 더미를 눈앞에서 보자 자신만만하던 마음이 단숨에 사그라들었다.

"아무도 안 오면 어떡하지?"

내 말에 머리 위를 빙빙 날던 연오가 냉큼 대답했다.

"안 오긴 왜 안 와? 벌써 저기 오고 있네."

"어디?"

"메리 눈에 보이려면 좀 더 있어야 할 것이외다."

꽃님이 말대로 잠시 뒤, 장바구니를 들고 다가오는 이들이 하나둘 눈에 띄기 시작했다.

반응은 폭발적이었다. 오는 이들마다 놀라 둥그레진 눈으로 주위를 둘러보며 물건을 주워 담느라 정신이 없었다.

"어머, 이것도 완전 새건데? 여기 진짜 괜찮다."

아무도 빈손으로 돌아가지 않았다. 무엇이 되었건 꼭 하나씩 들고 돌아가는 모습이 흐뭇하기 짝이 없었다.

하지만 시간이 지날수록 내 표정은 점점 어두워져 갔다. 수많

은 이들이 수많은 물건들을 가지고 돌아갔지만 티도 나지 않았다. 쓰레기 산은 그대로였다. 이래서야 일 년이, 아니 십 년이 지나도 길을 덮은 쓰레기를 치울 수 없을 것 같았다.

속을 태우며 지켜보고 있는데 하늘을 날던 연오가 소리쳤다.

"트럭이다!"

"웬 트럭? 어? 진짜네, 엄청 크다!"

"길이 없어진 걸 모르고 잘못 들어온 것 아니오이까?"

하지만 트럭은 길을 잘못 든 게 아니었다. 트럭은 쓰레기 산 바로 밑에 멈춰 섰고, 멈추자마자 짐칸에서 굴삭기가 내려왔다. 굴삭기는 쓰레기 산 한 귀퉁이로 다가가 쓰레기를 트럭에 퍼 담기 시작했다.

트럭 문이 열리고 웬 남자가 밖으로 나왔다. 남자는 옷자락을 펄럭이며 우리 쪽으로 다가와 인사를 했다.

"박스시티팩토리 대표, 편편이라고 합니다. '편리' '편안' 할 때 그 편을 쓰는 편이지요."

남자는 볼펜이 꽂힌 실험복 주머니에서 지갑을 꺼내더니 명함을 나누어 주었다.

"저희 회사는 매우 친환경적인 회사로, 재활용품으로 집을 짓는 편이라고 할 수 있는 편이랍니다. 저희한테는 여기 버려진 것 같은 자원이 무척 필요한 편인데, 몽땅 가져가도 됩니까?"

"그럼요!"

"당연하지!"

"물론이외다!"

셋이 입 모아 소리치자 남자가 고맙다고 인사를 하고는 트럭 쪽을 보며 손을 흔들었다. 잠시 뒤, 황천 쓰레기장 안으로 커다란 트럭들이 줄줄이 들어왔다. 남자는 쓰레기장 앞에 아예 '품절'이라는 커다란 팻말까지 세워 놓고 찾아오는 이들을 모두 돌려보냈다. 빈손으로 돌아가는 이들을 보자 미안한 마음이 들었다.

"몇 개쯤은 줘도 티도 안 날 텐데."

연오가 걱정스러운 듯 말했다.

"근데 저걸 다 가져갈 수는 있나? 저렇게 찜해 놓고 다 못 가져가면 어쩌려고?"

그 말을 비웃듯 쓰레기는 쑥쑥 줄어들었고 얼마 지나지 않아 쓰레기 산 자체가 아예 없어져 버렸다. 쓰레기 한 조각 없이 깔끔하게 치워진 길을 보며 꽃님이가 입을 딱 벌렸다.

"놀라울 뿐이외다."

"진짜로."

"엄청나!"

연오가 날개를 퍼덕이다 갑자기 축 늘어트렸다.

"결국 요지경은 못 찾은 거네."

우리는 연오 집으로 돌아와 염라대왕에게 편지를 썼다. 책가방 안이 멀쩡해서 다행이었다. 나는 공책 몇 장을 깨끗하게 뜯어 내고 연필을 꺼냈다. 꽃님이가 옆에서 써야 할 말을 일러 주었다.

"먼저 탄, 원, 서, 이렇게 쓰시오."

연오가 끼어들었다.

"탄원서?"

"억울한 사정을 말하고 부디 잘 보아 달라고 부탁하는 글이외다. 반드시 솔직하게 써야 할 것이오. 염라대왕한테는 업경이란 거울이 있어 사실을 모두 비추니 거짓을 쓰면 금방 들통이 날 터."

나는 집이 물에 잠겨 오갈 데 없어 저승까지 온 일에서부터, 헬쇼핑에서 촬영하다 요지경에 넋을 빼앗기고, 요지경을 찾으러 갔다 쓰레기 산을 무너트리게 된 이야기는 물론, 돌아와 보니 연오네 집이 엉망이 된 이야기에, 버린 택배에 들어 있던 씨앗을 심은 이야기까지 시시콜콜 적어 넣었다.

열 장째 쓰고 있는 나에게 보다 못한 꽃님이가 한마디 했다.

"메리, 그렇게 쓰다간 종일 써도 다 못 쓰겠소이다."

"이제 조금만 더 쓰면 돼."

"야, 쓰레기장 치운 이야기도 아직 안 썼잖아!"

연오 말에 나는 아차 싶었다. 정작 중요한 이야기는 아직 시작도 하지 못했다.

나는 그 뒤로 다섯 장을 더 쓴 뒤에야 우리가 쓰레기장을 무너트린 건 일부러 한 일이 아니며, 크게 반성하고 말끔히 치웠으니 부디 아빠를 용서해 달라는 말을 쓸 수 있었다. 세오 아줌마를 용서해 달라는 말도 빠트리지 않았다. 맨 마지막에는 조금이라도 잘 보이고 싶어 ♡를 세 개나 그리고 ^^ 표시까지 그려 넣었다.

"이걸 어떻게 갖다 주지?"

꽃님이가 피식 웃었다.

"별걱정을 다 하외다. 그게 원래 황천 까마귀들 일인 것을."

"내가 금방 갖다 주고 올 테니 걱정 마셔."

연오는 편지를 부리에 물고 날아오르더니 곧 점이 되어 사라졌다. 나는 그 모습을 불안한 눈길로 지켜보다 문득 떠오른 생각에 낯빛이 하얘졌다.

"나 실수한 거 같아."

"무슨 말이오이까?"

"세오 아줌마가 내 모습을 하고 잡혀갔잖아. 근데 편지에다 아빠랑 세오 아줌마를 용서해 달라고 써 버렸다고! 어떡해? 연오를 다시 부를 수는 없어?"

발을 동동 굴렀지만 꽃님이는 태연하기만 했다.

"괜찮소이다. 솔직한 게 최고외다."

내일도 파란만장

"일없이 기다리지 말고 밭이나 매러 가는 게 어떻겠소이까?"

"밭?"

"메리가 씨를 뿌린 밭 말이외다. 그새 풀이 많이 자랐소이다. 풀은 자나 깨나 부지런히 자라는데 농부가 이리 게을러서야 원."

꽃님이는 마당에 굴러다니는 호미를, 나는 모종삽을 들고 뒤뜰로 갔다. 그사이에 풀이 엄청나게 자라 있었다. 이파리가 민들레처럼 삐죽삐죽한 어떤 풀 하나는 키가 나보다도 컸다.

"이것 봐, 줄기가 내 엄지발가락보다 굵어."

원래 이렇게 무시무시하게 크는 걸까? 아니면 황천이라 그런 걸까?

"왕부스럼 황천왕고들빼기외다. 뿌리에서 즙을 내어 바르면 콧 잔등에 부스럼이 왕창 난다는데, 쓸모 있으면 챙겨 두든지."

부스럼이라니, 마음에 들었다. 나는 왕부스럼 황천왕고들빼기 를 뽑아 뿌리를 챙겼다. 뿌리가 어찌나 길던지 그거 하나 뽑고는 땀을 닦아 내며 숨을 헐떡이는데 빈 이랑이 눈에 띄었다.

"어? 저기 심은 건 어디 갔지?"

의문은 오래가지 않았다. 범인이 제 발로 범행 현장에 나타나 무슨 일이 일어났는지 보여 주었기 때문이다. 제집 들어오듯이 거침없이 밭에 들어온 티라노가 그 이랑에 몇 안 되는 잎들마저 콕콕 쪼아 먹었다.

"저놈이 황소기운 무를 싹이 나는 족족 먹어 치운 모양이외다."

꽃님이는 그 무를 먹으면 황소 기운이 솟는다고 했다. 그러지 않아도 힘이 넘치는 티라노가 그걸 다 먹어 버리다니.

"쓸데도 없이 힘만 세서 어쩌려고 그래, 응, 티라노?"

내가 타박을 놓건 말건 티라노는 새로 난 싹을 먹어 치우느라 정신이 없었다. 나는 옆 이랑으로 눈을 돌렸다.

"저건?"

"눈깜짝 감자는 알 것이고, 옆의 건 폭탄방귀 고구마, 그 옆은 백연발재채기 콩이외다."

나는 부러 이것저것 물었다. 입을 다물고 있으면 걱정에 눌려 짜부라질 것 같았다.

"백연발?"

"먹으면 재채기가 백 번 연달아 나오는데, 어찌나 심한지 산 사람이 먹으면 숨이 넘어가 버리는 수도 있다 하더이다. 뭐, 가끔은 죽은 사람 숨이 돌아오기도 한다는데, 그건 먹어 봐야 알 일이고……."

하지만 생각은 자꾸 딴 데로 갔다.

"나, 무서워."

꽃님이가 바닥에 쓰러진 콩 줄기를 세우며 말했다.

"괜찮을 것이외다, 지은 죄가 크지 않으니."

"그래도 무서워."

지난번 아빠가 경찰서에 갇혔을 때가 자꾸만 떠올랐다.

"알고 있소이다."

꽃님이가 앞발에 묻은 흙을 떨어내고 몸을 붙여 왔다.

"어떻게 알아? 아빠가 없어져 본 적도 없으면서. 넌 몰라."

"꽃님이도 알고 있소이다."

내가 바라보자 꽃님이가 천천히 입을 열었다.

"이 몸이 죽기 전에 꼭 메리만 한 여자애랑 딱 병호 씨 같은 남자랑 한집에 같이 살았는데, 둘 다 나를 두고 먼저 떠났소이다. 그때 참 슬프고 막막하여……."

꽃님이가 스스로 자기 이야기를 하는 건 처음이었다.

"왜 떠났는데?"

"동장군이 데려갔소이다. 몹시 추운 날이었는데, 아침에 일어나니 둘 다 저세상으로 떠나고 말았더이다."

나는 무슨 말을 해야 할지 알 수 없었다. 꽃님이가 내 무릎에 뺨을 기댔다.

"동장군은 못 먹고 못 입은 자는 무조건 쓸어 가는 부정한 분이지만 염라대왕은 그런 분이 아니니 너무 염려 마시오."

나는 딱한 마음에 꽃님이를 껴안았다. 꽃님이가 기억을 붙들고 있으려는 건 그 두 사람 때문인 걸까? 잊고 싶지 않아서?

"우씨, 여기 있으면 어떡해요! 한참 찾았네."

고함 소리와 함께 하늘에서 편지 하나가 툭 떨어졌다.

"아차차! 떨어트렸네."

나는 얼른 편지를 주워 들고 봉투를 찢었다. 잽싸게 하늘에서 내려온 연오가 머리를 들이밀었다.

"심메리, 꽃님이, 연오는 황천 세길내 저승길 매몰 사건에 대한 재판에 참석 바람. 염라국, 염라대왕 대리 최판관."

마음이 무겁게 가라앉았다.

"재판은 언제 어디서 하는 거야?"

연오가 어깨를 으쓱했다.

"나도 몰라. 때가 되면 절로 거기 가 있게 될걸? 여긴 늘 그런 식이니까."

"그러니 하던 일이나 계속하는 게 어떻겠소이까?"

꽃님이가 내게 호미를 쥐여 주었다. 나는 별수 없이 쭈그려 앉아 풀을 솎아 내기 시작했다. 연오가 밭을 둘러보더니 새삼 감탄했다.

"와, 잘 컸네. 메리, 너 키우는 데 재주가 있다."

"지난번에는 학교 앞에서 병아리 여덟 마리를 사 왔는데 다 잘 키웠소이다."

나는 갑작스러운 칭찬에 쑥스럽기도 하고 그때 기억이 떠올라 슬프기도 했다.

"지금은 티라노 한 마리뿐이야. 쥐가 물어 가서 다 죽었거든. 그때 진짜 많이 울었어."

"안됐긴 한데, 솔직히 저런 포악한 닭이 여덟 마리나 몰려다닌다면 상상만 해도 끔찍해!"

연오의 너스레에 픽 웃음이 나왔다. 이야기를 하다 보니 불안한 마음이 조금 가셨다. 그런데 문득 호미를 쥔 손끝이 어른거렸다. 눈에 뭐가 묻었나 싶어 눈을 비비는데 그 손마저 어른거렸다.

"꽃님아, 나 좀 봐!"

돌아보니 꽃님이는 벌써 귀랑, 꼬리, 네 발이 사라지고 머리랑 몸통만 남아 있었다.

"염라대왕 앞에 갈 시간이 되었나 보오이다."

"병호 씨랑 우리 엄마 꼭……."

연오 말이 중간에 뚝 끊어졌다.

눈앞은 어느새 낯선 공간으로 바뀌어 있었다. 우리가 서 있는 곳은 흙바닥이었고 머리 위로는 뿌옇게 짙은 안개가 끼어 있었다. 무슨 일이 벌어진 건지 깨닫기도 전에 꼬장꼬장한 목소리가 내 이름을 불렀다.

"심메리."

"에, 예에?"

얼결에 대답하자 검은 바탕에 금박이 찍힌 옷을 입은 남자가 이쪽을 보았다. 역사 드라마 같은 데서 본 차림이었다.

"대답은 똑바로, 한 번만 하시오."

꽃님이가 소곤댔다.

"저이가 최판관인 모양이외다."

최판관 옆에는 머리카락을 날개처럼 펼쳐 넘기고, 엉덩이가 축 늘어진 초록 바지를 종아리까지 둥둥 걷어 입은 덩치 큰 도깨비가 서 있었다. 도깨비는 양손에 사람을 하나씩 잡고 있었는데, 바로 세오 아줌마랑 병호 씨였다.

"아빠!"

내가 발을 동동 구르자 최판관이 두루마리를 내려놓으며 말했다.

"심메리, 한 번만 더 소란을 피우면 저 까마귀 자리에 너를 세울 것이다. 원래 네가 있어야 할 자리가 아니더냐?"

남자는 찌르는 듯한 눈길로 나를 쏘아보더니 고개를 돌렸다.

"다음, 참고인 꽃님이."

"여기 있소이다."

"참고인 연오."

"예."

"참고인 공공."

"여기 있공."

꽃님이랑 나, 연오의 눈길이 획 돌아갔다. 조금 떨어진 곳에, 그러니까 최판관 왼쪽에 공공 씨가 지네 모습을 하고 앉았다고도 섰다고도 할 수 없는 자세로 꾸물거리고 있었다. 복도에서 쫓기던 때가 떠올라 어깨를 움츠리고 몸을 부르르 떨자 꽃님이가 앞발로 내 손을 꾹꾹 눌렀다. 말랑말랑한 발바닥 감촉에 소용돌이치던 마음이 점점 가라앉았다.

최판관이 두루마리를 말아 쥐고는 손바닥에 탁 소리가 나게 쳤다.

"재판을 기다리는 줄이 구만리니 얼른 시작하지. 나 최판관은 피고 심병호와 그의 딸에게 몰래 황천에 건너온 죄, 쓰레기장을

무너트려 저승길을 막은 죄, 헬쇼핑에 몰래 들어가 요지경을 훔친 죄를 물어 그 값을 치르게 하고자 한다."

지네 공공 씨가 이쪽을 바라보며 약이라도 올리듯 주둥이를 달각거렸다. 최판관이 그런 공공 씨를 힐긋 보더니 입을 열었다.

"염라대왕께서 말씀하시길, 피고 심병호와 그의 딸 심메리, 파종형. 기간, 황천 쓰레기장 전체에 파종을 마칠 때까지."

나는 천천히 눈을 깜빡였다. 꽃님이를 돌아보니 어쩐지 한시름을 놓은 표정이라 긴장이 조금은 풀렸지만 파종형이라니? 어떤 벌인지 짐작이 가지 않았다. 병호 씨도 마찬가지인 듯 울지도 웃지도 못하고 멀뚱멀뚱 최판관을 바라보았다.

그때 재판정 한쪽에서 항의가 터져 나왔다.

"이럴 수가! 불법 체류에 공공 기물 파손, 무단 침입, 절도……죄를 얼마나 많이 지었는데 그건 솜방망이 처벌이라공!"

"솜방망이 처벌? 죄목을 하나하나 꼽아 보지. 첫째, 허락도 없이 황천에 온 죄는 이승에 있을 곳이 없어 피난 오듯 황천길에 오른 것이라 정상을 참작했고, 둘째, 쓰레기장을 무너트린 죄는 원래대로 돌려놓았으니 이를 감안하였으며, 셋째, 헬쇼핑에 몰래 들어가 요지경을 훔친 죄는 정당방위로 판명 났다. 이 가운데 어느 죗값이 모자라단 말인가?"

"정당방위라뇨! 그건 말이 안 되는 거공. 저한테 무단 침입한 걸 녹화한 감시 카메라 자료가 있는데 그걸 보면⋯⋯."

"업경을 통해 모두 확인한 결과인데, 믿지 못하겠다는 건가?"

최판관이 공공 씨를 보며 희미하게 웃었다. 눈은 유리알처럼 차가운데 입꼬리만 꿈틀거리며 웃는 얼굴이 섬뜩하기 짝이 없었다.

"곧이어 공공 씨에 대한 재판도 잡혀 있소. 계약을 빌미로 인간한테 함부로 요지경을 쓴 죄! 저승사자와 짬짜미를 해서 황천 물건을 인간 세상에다 몰래 팔아 치운 죄! 황천크림, 황천총명탕 모두 황천에서 난 재료로 황천에서 만든 것인데 인간 손에 들어가게 하다니. 이 세상과 저세상을 뒤섞는 일은 삶과 죽음의 주춧돌을 흔드는 일, 그게 실로 엄청난 죄라는 걸 모르지는 않았을 터!"

"즈, 증거는 있어요? 업경은 산 자가 한 일만 비추잖아요!"

최판관은 소맷부리를 뒤적이더니 무언가를 꺼냈다.

"증거? 이게 뭔지 아는가?"

소매 안에 저런 게 들어 있을 줄이야! 몇 번을 다시 봐도 그건 요지경이었다. '헬쇼핑'이라는 글자까지 딱 찍힌!

"이 요지경에 재미있는 게 찍혀 있던데, 출연자는 공공 씨와 저승사자 한 명이고."

공공 씨 다리들이 일제히 바들바들 떨렸다.

"아직 재판에 나오라는 편지를 못 받은 듯한데 그냥 여기서 드리지."

최판관이 반대쪽 소맷부리에서 두루마리 하나를 꺼내 공공 씨 앞에 던졌다. 공공 씨가 차마 두루마리를 펼치지 못하고 보고 만 있자 최판관이 고갯짓을 했다. 아빠랑 세오 아줌마를 잡고 있던 도깨비가 둘을 내려놓고는 공공 씨에게 다가갔다.

공공 씨가 도깨비에게 목덜미를 잡힌 채 끌려 나가는 동안 아빠와 세오 아줌마가 우리 곁으로 달려왔다. 최판관이 무표정한 얼굴로 입을 열었다.

"그럼 다음 사건!"

그때 머리 위에서 우렁우렁한 목소리가 들렸다.

"벌은 끝났으나 상이 남았느니라."

놀라 위를 쳐다보았지만 구름처럼 짙은 안개에 가려 아무것도 보이지 않았다. 그저 안개 구름 너머 누군가 있다는 걸 짐작할 수 있을 뿐이었다. 무표정하기 짝이 없던 최판관이 뻣뻣하게 굳은 채 말을 더듬었다.

"대왕마마, 사, 상이라 하심은……?"

"그 많은 쓰레기를 다 치웠으니 상을 받아야 마땅하다. 바라는 상이 있다면 말해 보거라."

꽃님이랑 아빠가 약속이라도 한 듯 동시에 말했다.

"메리를 찍은 요지경을 없애 주시겠소이까?"

"요지경을 깨트려 주십시오!"

"잘못된 걸 바로잡는 일은 상이 아니라, 응당 해야 할 일."

말이 끝나자마자 요지경 몇 개가 와르르 내 앞에 떨어지더니 그 자리에서 산산조각이 났다.

연오가 눈을 휘둥그레 떴다.

"저렇게 많았어? 감시 카메라도 요지경이었나 봐!"

"이제 상으로 바라는 것을 말해 보거라."

염라대왕의 말에 연오가 내 옆구리를 쿡 찔렀다.

"네가 말해. 빵 플러스 원도, 홈쇼핑에서 팔 생각을 한 것도 다 너잖아."

"그래도 돼?"

"되오이다."

꽃님이까지 등을 떠밀자 나는 머뭇거리다 입을 열었다.

"친구들하고 체험학습을 가기로 했는데요. 그걸 하려면 차가 있어야 해서요."

"옳거니, 체험학습 때 타고 갈 것이 있었으면 하는구나."

"예!"

"알겠느니라. 그날이 언제인고? 내 쓸 만한 탈것을 보내 주마."

파종형에서 파종은 씨뿌리기란 뜻이었다. 나는 그 뜻을 듣고 만세를 불렀다. 어떤 일이 벌어질지 미리 알았더라면 절대 그러지 못했을 것이다.

쓰레기장이 있던 자리에 염라대왕이 보내 준 흙 한 자루를 뿌릴 때만 해도 좋았다. 하지만 흙은 물을 뿌릴 때마다 불룩불룩 불어나기 시작하더니, 자리를 쑥쑥 넓혀 금세 쓰레기장이었던 온 땅을 덮었다. 나는 넋을 잃고 중얼거렸다.

"이게 뭐야……."

파종형은 꽃님이, 나, 병호 씨, 연오, 세오 아줌마, 우리 모두가 달라붙어 열흘도 넘게 내내 땅을 갈고 씨를 뿌린 뒤에야 끝이 났다. 그래도, 그때까지만 해도 나는 기대에 부풀어 있었다. 염라대왕도 왕인데, 왕이 보내 주는 '쓸 만한' 차라면 홈쇼핑에서 파는 자동차보다 훨씬 근사할 거라고 생각했다.

하지만 체험학습 날 황천 포졸이 끌고 온 건 근사한 자동차는 커녕, 그냥 자동차조차도 아닌 달구지였다. 끌어 줄 소도 없는데 황천 달구지만 덜렁 갖다 놓은 것이다.

"이걸 누가 끌라고요?"

"대왕께서 말씀하시길 이 집에 힘이 남아도는 닭이 있다고, 그놈이 끌 거라 하셨다."

황천 포졸은 넉살 좋게 말하고는 티라노를 달구지 앞에 세웠다.

"황천에서 가장 멋진 곳들을 돌아보게 하라시며 황천 통행증도 주셨다. 살아서 황천 구경은 하늘의 별 따기만큼 어려우니 영

광으로 알도록 해라."

나는 울상을 지었다. 애들이 이걸 보고 대체 뭐라고 할까? 닭이 끄는 달구지를 타고 황천 체험이라니, 아무도 가지 않을 게 뻔했다. 아니, 그 전에 엄마들이 보내 줄 리가 없었다.

그런데 웬걸, 체험은 정말이지 성공적이었다. 막상 체험학습 날이 되자 아무도 싫다 하지 않고, 못 가게 하는 엄마도 없었다. 아이들은 엄청 무서워했지만 그보다 훨씬 더 재미있어했다.

"까마귀가 옷을 입고 있어!"

"저건 뭐야? 도깨비라고? 생각보다 잘생겼네."

나는 내가 만든 텃밭에도 아이들을 데리고 갔다.

"별거 아니잖아? 그냥 잡초 아냐? 학교 화단에서 뽑은 거랑 똑같이 생겼는걸."

한나윤은 거기서도 잘난 척을 했다. 나는 한나윤 콧잔등에 왕부스럼 황천왕고들빼기 뿌리를 문대 주었다. 나를 버리고 한나윤한테 알랑방귀를 뀐 승연이한테는 폭탄방귀 고구마 하나를 씻어 주었다. 그냥 먹어도 맛있다며 승연이는 그걸 다 먹었다.

한나윤은 콧잔등에 부스럼이 잔뜩 나 울상이 되었고 승연이는 방귀 때문에 쩔쩔맸다. 집에 돌아갈 즈음 방귀는 그쳤지만 부스럼은 그대로였다. 부스럼이란 게 원래 날 때는 불쑥 솟아나도 없어지려면 한참 걸리는 법이다.

안타깝게도 아이들은 그날 일을 기억하지 못했다. 그게 모두 꿈인 줄만 알았다.

"꿈에서 메리 니가 나한테, 이 배신자! 네가 먹은 건 폭탄방귀 고구마야, 만날 한나윤 앞에서 알랑방귀 풍풍 뀌더니 그거 먹고 방귀나 실컷 뀌어라, 그러는 거야! 그러고 나니 진짜 폭탄 같은 방귀가 끝도 없이 나오더라고."

승연이는 그 꿈을 꾼 뒤 생각을 많이 했노라고, 그동안 미안했다고 사과했다. 마음 넓은 나는 승연이의 사과를 받아 주었고 우리는 다시 단짝이 되었다.

한나윤은 황천 체험을 다녀오고 일주일이 지나도록 콧잔등에 부스럼을 달고 다녔다.

"병원을 다섯 군데도 넘게 가고, 주사를 세 방도 넘게 맞았는데도 안 나아."

패거리들 틈에 섞여 울상을 짓고 있는 한나윤에게 나는 지나가는 듯한 말투로 슬쩍 방법을 알려 주었다.

"코를 풀어 보면 어때? 아주 세게."

기껏 친절을 베풀었건만 한나윤은 나를 더욱 싫어하게 되었다. 얄미운 계집애 같으니라고.

그 뒤

비에 잠긴 우리 집은 한 달이 지나도록 그대로였다. 할머니는 이참에 집을 다 뜯어고쳐야겠다고 짐을 싸서 아들 집으로 들어갔다.

병호 씨랑 나는 지붕이 반쯤 날아가 버린 연오 집에 얹혀살았는데, 얼마 가지 않아 지붕이 아예 내려앉았다. 우리는 짐 보따리를 바리바리 들고 집을 나왔다. 전에 살던 택배 창고라도 갈 셈이었다. 달리 갈 곳이 없던 연오와 세오 아줌마도 우리를 따라왔다.

"새집을 마련할 때까지만 신세 좀 질게요."

세오 아줌마가 미안한 듯 말하자 병호 씨가 고개를 저었다.

"우리 집도 아니고 그냥 창고인데 신세라니, 무슨 말씀을요."

"금방 다른 일자리를 구할 테니 그때까지만 머물러 보오이다."

꽃님이 말에 세오 아줌마가 짐짓 밝게 말했다.

"그럼요. 금방 일자리를 구할 테니까요. 게다가 병호 씨는 이제 연예인이잖아요? 어디서든 일자리를 구할 수 있을 거예요."

내가 비죽이 웃자 세오 아줌마가 발끈했다.

"왜 그러니 메리, 우리 병호 씨가 팬이 얼마나 많은데?"

이번에는 연오가 가자미눈을 했다.

"우리 병호 씨? 아들밖에 없다고 할 때는 언제고!"

티격태격하며 가다 보니 어느새 이제는 문을 닫은 헬택배 창고 앞까지 왔다. 문이 열려 있어야 할 텐데. 나는 걱정 반 기대 반으로 다가가 문고리에 손을 올렸다. 그런데 그때 손잡이 바로 위, 문에 붙은 광고지가 눈에 들어왔다.

박스시티팩토리 생산직 모집

잠자리 제공, 나이 제한 없음. 전 헬택배 직원 대환영!